Rikki Ducornet

Karen Joy Fowler

Ali Smith

Etgar Keret

Peter Meinke

コドモノセカイ

岸本佐知子 編訳

Stacey Levine

Ray Vukcevich

Ben Loory

Joyce Carol Oates

Joe Meno

河出書房新社

Ellen Klages

コドモノセカイ　目次

Design by Naoko Nakui

Photo by Shinichi Kato

Kid's treasures of
Tobey (age 8), Neri Oikawa (age 6)

コドモノセカイ

まじない

リッキー・デュコーネイ

子供のころ、彼はよく頭の中で、なにかがブーンとうなるような音を聞いた。ハチみたいだ。そう思ったとたん喉をチクリと刺されたような感じがして、ものを呑みこむと痛かった。ときにはそのブーンがさらに大きく甲高く、ちょうど廊下に置いてある電話の音のような、それを何倍も鋭くしつこくしたような大きさになることもあった。そしてついにある日、彼は気づいてしまった——僕が頭の中でこっそり考えていることを、宇宙人が盗み聞きしている！　そう考えるとちょっと誇らしかったが、同時に恐ろしくもあった。なにしろ彼の考えることときたら、ひどく変わっていて危険だった。彼がよからぬ考えにふけっているのが母親にはわかるらしく、やめないとお仕置きするよと、しょっちゅう叱られた。

ある日母親は、彼が鏡にじっと見入っているのに気がついた。今すぐやめなさい、と母親は言った。やめないと悪魔に見つめ返されるよ。それからというもの彼は、鏡であれ何であれ、何かに映った自分の姿に向かって、恐ろしげな顔をしてみせずにはいられなくなった。オマエナンカチットモ怖クナイヨ、と悪魔に意地を張ってみせるつもりが、自分で自分が怖くなってしまった。だが、やがて彼は気がついた。鏡に映っているのは悪魔ではなく、奴らーー宇宙人どもだということに。宇宙人が彼そっくりに化けているのだ、この七歳の、髪の色があまりに薄いのでほとんど白に見える少年に。

彼は敵を攪乱《かくらん》するためのまじないを考案した。鏡の前を通るときは、かならず目を寄り目にして顔をぎゅっとしかめ、歯をむき出し、屁をひった。だが敵には壁を透視する能力があったので、家であれどこであれ、鏡のある場所ではいっときも油断がならなかった。だから彼は、人さえ見ていなければひっきりなしに顔をしかめ、歯をむき出し、寄り目をして、近くに人がいないときを見計らって隅のほうで屁をひった。

敵は体をうんと細く、髪の毛ぐらいの細さに変えることができた。げんに一本の髪の毛に化けて父親の頭に貼りついていることもあったし、階段の細長い影の中に潜んでいることもあった。宇宙人は平行線を好んだので、階段は特に気に入りの場所だった。大きな階段に、奴らが大勢かたまって隠れていることもあった。階段、それから舗道のひびわれ。ラジエーターの下、本のページとページのあいだにも。だが敵は数字の3が嫌いだった。なぜかというと3たす3は6で、彼の歳は7だったからだ。奴らは3では彼を負かせない。3ジャ僕ヲ負カセナイネ！　これは便利だった。階段を上るときはかならず三段ずつ上り、ラジエーターの前で三回屁をひるだけでいい。それから本は、まず息を吹きかけたのち、綴じ目の部分に塩をふりかけた。奴らは塩も苦手で、こうすると萎《しな》びて死んでしまうのだ。

自分に属するものが一つでも奴らの手に渡ることを彼は恐れた。だから小便をするたびに便器に唾を吐いた。寝ているあいだに耳垢《みみあか》を盗《と》られないよう、耳の中にも唾を塗りこんだ。宇宙人が宇宙船を動かすのに、どういうわけだか彼の耳垢が必要らしいのだ。耳垢を集めにくるのは大きなハチで、宇宙船じたいも蜂の巣そっくりの形をしていた。

ある日、彼は二、三歳のころに読んでいた絵本をあれこれ眺めていた。母親に子供部屋を片づけて、古いものはまとめて捨てるから出すように言いつけられたのだ。そのなかに、彼が生まれて初めて手にした絵本があった——大判の、布製のアルファベット・ブックだ。Aはリンゴの絵だった（すくなくとも見かけ上は）。だがそれはあまりに不自然に赤すぎて、これはリンゴではない、と彼は直観した。これは巨大なルビーだ、灯台の灯か赤信号一つぶんくらいある——そう、ちょうど宇宙船についているみたいな。ページをめくってBの字を見たとき、彼は思わず叫び声をあげた。そこには父親の拳くらいある大きなハチが描かれていた。毒針が禍々《まがまが》しくこちらを狙っている。追いつめられて、彼はその場でハチの絵の上に脱糞した。あとで母親に見つかって、こっぴどく叩かれた。

*

折檻《せっかん》されたあと、彼はひどくぐったりしてしまった。赤くじんじん火照っている息子の体を、母親は寝床に押しこんだ——コレ以上母サンヲ怒ラセナイデチョウダイ！　尻がひりひり痛んで、次に糞をしたら、まちがいなく死んでしまいそうだった。ことに鏡のある場所では危険だ。たぶん、いちばん安全なのは家の裏庭だ。犬もそこでフンをするから、宇宙人たちは彼の糞を見ても、きっとそれが彼のものだとはわからない。犬のとまちがえてしまうんだ。そう思いついたらおかしくて、何度もそのことを想像しては、くすくすと声をたてて笑った。

それまで彼は、自分の部屋だけは安全だと思っていた。だが折檻されてからは、それも怪しくなってきた。彼はぐるりの壁に唾を塗りつけ、ベッドの下にも唾を吐いておいた。そのときふと、ドアノブの存在に気がついた。そこには彼の姿が映っていた――それも醜くゆがんだ形で。ついに宇宙人どもの本当の姿を見た、と彼は思った。半狂乱になった彼は、ドアノブに赤いマニキュアを塗りたくった。そしてすぐに自分の過《あやま》ちに気がついた。ドアノブは絵本の中のリンゴそっくりに見えた。

家には彼以外に誰もいなかった。両親は、子供部屋にいるようにと彼に言いおいて、出かけてしまった。だが邪悪な赤いドアノブがふつふつとたぎって、部屋を竈《かまど》のように熱しにかかっていた。熱はドアノブを通じて、太陽から直接この部屋に注ぎこまれていた。早くここから出ないと焼け死んでしまう。

よし、部屋を出て、比較的安全な廊下で（廊下には鏡がなかった）じっとしていよう。だが部屋を出るためには扉を開けなければならない。彼は一瞬、凍りついた。しかしそんなことを言っている場合ではない。突撃するしかない。彼は灼熱のドアノブに素手で触れずにすむよう、片手に靴下をかぶせた。そして悲痛な雄叫びとともに扉に駆け寄った。扉は鍵がかかっていた。

彼は愕然となってあとずさった。部屋に閉じこめられてしまった。しかも――しかも奴らはすでに廊下にいて、犬に何か恐ろしいことをしようとしている。犬が鼻を鳴らしながら部屋のドアを引っかく音がした。救いを求めているのだ。犬がキャンと痛ましい叫びをあげるのを聞いて、奴らが何らかの目的で犬の体を使ったことを彼は悟った。彼を攻撃するために、犬のフンを使う気なのだ。犬のフンは彼の糞。犬をものにするということは、すなわち彼をものにすることだ。もはや残された手段は一つしかなかった。

彼は寝台に上がり、毛布とシーツにすっぽりくるまって繭《まゆ》のようになった。そうして耳を両手でふさぎ、歯を食いしばり、目をぎゅっと閉じて、どこからも奴らが入ってこられないようにした。不思議な力で、毛布とシーツは金属に変わった。耳の奥のブーンというハム音と脈打つ血潮がしだいに大きくなり、ついには合わさって一つの音になった。だがその音は奴らが出しているのではなかった、音は、彼の内側から聞こえてきた。それは巨大なモーターのリズミカルで力強い運動音、今まさに光速で宇宙に飛び立とうとする宇宙船の動力の音だった。

子供部屋の扉に鍵が差しこまれてカチリと鳴るころ、彼はすでに何光年もの彼方だった。

王様ネズミ

カレン・ジョイ・ファウラー

小学校一年生だったある日、クラスのスコット・アーノルドがやってきて、学校の帰り道にお前の顔に雪をこすりつけてやると言った。学校の中では暗黙のルールがあるからスコットも女子をぶったりできなかったけれど、帰り道だったら、わたしを何ブロックも追いまわすのも、地面に押し倒すのも、馬乗りになって襟首《えりくび》に氷を詰めこむのも自由だった。それをやってやるというのだ。理由はもう思い出せない。

その日は午後じゅうずっと恐怖で口の中がカラカラだった。スコット・アーノルドはわたしよりもずっと体が大きかった。それを言うならみんながわたしより大きかった。わたしはクラスでいちばんのチビで、たいていの幼稚園の子にも負けるくらいだった。だからわたしは、もういっそ家に帰らないことに決めた。父の職場に行って、父をびっくりさせてやろうと思った。

小学校は、家と父の勤める大学のちょうど中間あたりにあった。わたしは裏門から学校を出た。家の庭や側溝には雪が積もっていたけれど、歩道は雪かきがしてあって、歩くのは楽だった。大学まではほんの五ブロックの道のりで、車の多い道では親切な大人の人がいっしょに渡ってくれた。心理学科の建物までは難なくたどりつけた。何度も父に連れてきてもらったことがある場所だった。

重厚な彫刻のついたエントランスの扉は、わたしの力では開けられなかった。冷たい階段に座って誰かが来るのを待ち、その人の後について中に入った。父がいっしょのときは、四階の父の研究室まではエレベーターで上がっていた。父はいつもわたしを抱きあげて、四階のボタンを押す役目をやらせてくれた。抱きあげてくれる人がいなければ、ボタンには手が届かない。

わたしは階段を使って行くことにした。じつは階段二本でフロア一つぶんだったのだが、わたしはそのことを知らなかった。まちがえないように数をかぞえてのぼっていったが、出たのはもっと下の階だった。まちがえたことには、まるきり気がつかなかった。廊下は、一階も二階も三階も、四階と見分けがつかなかった。緑色の壁、貼り紙、ペダル式の水飲み器、左右に並んだ木のドア、みんなそっくり同じだった。

父の研究室だと思ってノックしたドアを開けたのは、知らない男の人だった。その人はわたしがいたずらでノックしたと思ったらしい。「子供が何をうろちょろしてる！」その人は怖い声で言った。「警察に電話するぞ！」そうしてぴしゃっとドアを閉めてしまった。その音がびっくりするほど大きかったのと恥ずかしいのとで、わたしは泣きだした。その日は雪で着ぶくれていたので、暑くて気持ちがわるかった。

わたしは階段の踊り場にもどって座り、泣きながら必死に頭をめぐらせた。一階のエントランスのロビーには特大の地球儀が床に据えつけてあった。それを両手で回して目をつぶり、アジアやエクアドルや青く塗られた海の上に指を置くのは楽しかった。エントランスまで戻ってあの地球儀を見つけ、もう一度最初からやりなおそうか。自分がどこでまちがったのかはわからなかったけれど、次こそうまくやれそうな気がした。だって父さんの研究室には何度も行ったことがあるのだから。

それでも涙はいっこうに止まらず、そのことが何よりくやしく情けなかった。泣くやつは赤ん坊。スコット・アーノルドはわたしを泣かせておいて、いつもそうはやしたてた。わたしは自分の泣き顔を誰にも見られないように、踊り場が完璧に静かになって、誰も来ないと安心できるまで待ってから、ふたたび階段をおりはじめた。

ところが、わたしは地球儀にもたどり着けなかった。どの扉を開けても、緑色の廊下と、両側に並ぶ同じ形の木のドアがあるばかりだった。もうこの建物から出ることもできなくなってしまったんだろうか。わたしはだんだん恐ろしくなった。たとえ父の研究室に正しくたどりつけたとしても、またべつの人が出てくるかもしれないと思うと、怖くてとてもノックできそうになかった。

わたしは動物実験室のある地下に行くことにした。もしかしたらお父さんはそっちにいるかもしれないし、お父さんの生徒とか、だれか知っている人がいるかもしれない。わたしは階段をいちばん下までおりきって、扉を開けた。

地下は窓がないせいか、光の感じがちがっていた。それに匂いもちがう。動物の毛と、フンと、消毒液のいりまじった匂い。何度となく来たことのある場所だった。わたしは用心して、サルの檻《おり》の前では大きく迂回した。サルたちは檻をがたがたゆさぶり、歯をむきだしてキーキー叫び、あまり近寄ると手を出して体をつかんだりした。小さいのにびっくりするほど力が強かった。噛むこともあった。

サルの檻の奥にはネズミのケージがあった。ケージは何段にも積み重ねられ、狭い通路の両側に、まるで食料品店みたいにぎっしり並んでいた。

どのケージにも、ネズミは一匹ずつしかいなかった。ネズミたちは下に敷かれた新聞紙を細かくちぎって、湿った獣くさい紙吹雪製の巣をこしらえていた。わたしが前を通ると、彼らは巣から出てきて前趾《まえあし》でケージの棒をにぎり、鼻先をせわしなく左右にひこつかせながらわたしを見た。顔の黒い、小さくて丈夫な前歯をした頭巾斑《ずきんはん》のネズミだった。ネズミたちがわたしを見る目はどこか優しげだった。父さんとはぐれて一人ぼっちでこんなところをさまよっているわたしのことを、心配してくれているような目だった。ネズミたちが自分を思ってくれているのだと思うと、すこし心強かった。

通路の突き当たりに、初めて見る男の人がいた。背が高くて金髪で、うすいブルーの目をしていた。その人はしゃがみこんでわたしと握手した。わたしの袖に結びつけられた空っぽのミトンがぴょこぴょこはねた。「おじさんもここにはまだ不慣れなんだ」とその人は言った。なんだか変わったしゃべり方だった。「来たばっかりでね。だから、まだ誰とも仲良くなれていない。ヴィドクン・スレインといいます、よろしく」。大きな頭巾斑ネズミが一匹、その人のシャツの胸ポケットから顔をのぞかせた。そのネズミも、ケージのネズミたちと同じ心配そうな目でわたしを見た。「まあ、でもまるっきり一人ぼっちってわけでもない」金髪のその人は言った。「ほら〈王様ネズミ《キング・ラット》〉、ちゃんとごあいさつして」

その優しげな目につられて、わたしは〈王様ネズミ〉に父の名前を告げた。わたしたちは三人いっしょにエレベーターで四階まで上がった。

わたしの救い主は、ノルウェー人の心理学者だった。わたしの父のような人たちといっしょにネズミと迷路を使って学習理論を研究するために、アメリカに渡ってきたばかりだった。オスロに奥さんと、わたしの兄と同い年の男の子が一人いた。父は研究室にやってきたヴィドクンさんを歓迎した。わたしのことは、さほど歓迎しなかった。

体面を気にするあまり、わたしはスコット・アーノルドのことを言いだせなかった。いちばん最初にわたしがノックしたドアは学科長の部屋で、父によれば、その人はもとから父のことをあまりよく思っていなかったのだそうだ。父は、もう二度と勝手に大学に来てはいけないと言った。そしてヴィドクンさんには、よかったらうちに夕食に来ませんかと言った。

アメリカにいるあいだに、ヴィドクンさんは何度かうちにやって来た。家族と遠く離れていたので、クリスマスの夜もうちでいっしょに食事をした。クリスマスに、ヴィドクンさんはわたしに『お城とドラゴン――いろいろな国のおとぎ話集』という本をくれた。彼がどうしてその本を選んだのかはわからない。本屋で店員にすすめられたのかもしれない。自分の息子が好きだった本なのかもしれない。

どうやって選ばれたのかはともかく、それはまったくわたしのために書かれたような本だった。わたしは何度もくりかえしその本を読んだ。その本は後にも先にもないくらいの深い喜びをわたしに与え、わたしといっしょに成長した。良い本というのはそういうものだ。そう考えると、作家としての今のわたしがあるのは二人の男性のおかげだと言える。一人は父――刺激－反応心理学の専門家であり、研究室では強化理論を信奉していながら、こと子供の教育となると、もっぱら昔の教訓話やイソップ物語の効能に頼っていた、わたしの父さん。

そしてもう一人は、どんな人かもろくに知らなかった、遠いところからやって来た異国の人――あの大きな地球儀をくるくる回して自分の国を指さして教えてくれ、ある年のクリスマスに、わたしが何より必要としていた本をわたしの元に運んできてくれた人。ヴィドクンさんについて、ほかに覚えていることはほんのわずかしかない。声の静かな、物腰の穏やかな人だったこと。胸ポケットから顔を出した〈王様ネズミ〉が心配そうな目でわたしを見ていたこと。あとになって父が、ヴィドクンという名前はノルウェーの有名な独裁者と同じで気の毒だと言っていたこと。きっと子供のころはつらい思いをしただろう、そう父が言っていたのを覚えている。

『お城とドラゴン』の中では、魔法のような不思議なできごとがたくさん起こった。ハッピーエンドの前には悲しいできごとも起こるけれども、その悲しさは底無しではなかった。善《よ》い人たちは報われるし、悪人たちは報いを受けた。どれもグリムやアンデルセンをずっとソフトにしたような物語だった。オリジナルのほうは、ずっと後になるまで読む勇気がなかった。

いまだにわたしには、童話の古典のなかに、つらくて読めないものがいくつかある。なかでも群を抜いて嫌いなのは『ハーメルンの笛吹き男』だ。何よりもまず、最初のネズミの部分が子供のころから嫌だった。わたしには、せわしなく鼻をひこつかせ、優しそうな目をした〈王様ネズミ〉や他のネズミたちが、笛の音色に合わせて踊りながら死の運命に向かっていくさまが、目に見えるようだった。その次の、親たちが嘘をつくところも嫌いだった。そして何といっても、あの結末が耐えがたかった。

父は何とかしてわたしを慰めようとした。子供たちは最後にはものすごく幸せになったんだよ、そう父は言った。みんな永遠に終わらない誕生パーティの主役になったみたいなものだ。毎日綿菓子だけを食べて、愉快な音楽を聞いて過ごす。きっとお菓子を食べるのに夢中で、家の人たちが悲しんでることなんか思い出すひまもなかったさ。

わたしの心は晴れなかった。お菓子だって食べすぎればいつかは飽きてしまうのを、ハロウィーンの夜で知っていた。きっと子供たちは、一人また一人と家のことを思い出したことだろう。一人また一人とテーブルを離れ、山を出てお家に帰ろうとしたことだろう。暗闇のなか、子供たちは岩をくり抜いた階段をのぼってはまた降りる。ほら穴や岩の回廊を行くうちにいつしか道に迷い、けっきょくは笛の調べに導かれて、何度でもくりかえし笛吹き男の元に舞い戻っていくほかない。こんな〝終わり〟は終わりじゃない。わたしにとって、これはどこまでも果てしなく続く、恐ろしい物語だった。

ヴィドクンさんと出会ってほどなく、わたしは自分で本を書いた。短いお話がいくつも入った絵本だった。どの話も動物の赤ちゃんが主人公で、子ブタや子犬や子羊がうっかり家族とはぐれて迷子になってしまう。いろんなこわい思いをしたあげく、迷子はぶじに発見され、家族と喜びの再会をはたす。物語は後のほうにいくほど短くなっていった。両親は根気が続かなかったんだろうと言ったが、そうではなかった。わたしには、お話の途中の部分がどんどん耐えられなくなっていったのだ。だから新しいお話を書くたびに、離れればなれの部分が前よりも少しずつ短くなってしまったのだ。

あの頃はわからなかったけれど、今ならおおよそ想像がつく。心理学の実験室にいたサルたちがあのあとどうなったか。ネズミたちだって、迷路のどこかにイースターの卵のように隠されたチーズを探すだけで一生を終えたわけではなかったろう。大きくなるにしたがって、心には浮かんでも口には出さない質問が増えていった。うんと強い心がなければ、現実世界とは向きあえない。

兄が遠くの大学に行ってしまったとき、わたしは三日三晩泣きとおした。三年生になると、兄はサセックス大学の交換留学生として、さらに遠くのイギリス南部まで行ってしまった。春休み、兄はスキーをしにノルウェーに行った。イースターを独りで過ごすはめになり、ノルウェーじゅうでたった一人知っている人物に電話をかけた。

ヴィドクンさんは、ぜひ自分たち夫婦の家に泊まるといいと言い、すぐさま車でユースホステルまで迎えに来た。きみのご家族とは楽しい思い出がいっぱいある、と彼は言った。こっちでもしょっちゅうきみたちのことを話しているんだ。妹さんは元気かい。ヴィドクンさんは温かくてとても感じがよかった、と兄は言った。心から兄を歓迎もしてくれた。だが、何かがどうしようもなく不自然だった。これほどがらんとして殺風景な家を、兄は見たことがなかった。ヴィドクンさんは一言もしゃべらなくなってしまった。奥さんは気だった。途中から、ヴィドクンさんは一言もしゃべらなくなってしまった。奥さんは早々に部屋に引きあげ、あとには男二人が残された。

「息子が」ヴィドクンさんが唐突に言った。「私の息子も外国に行ったんだよ。いまのきみと同じようにね。行き先はアメリカだった、私からさんざん素晴らしいところだと聞かされていたからね。二年前のことだ」

ヴィドクンさんの息子はニューヨークに降り立つと、一週間ほどそこにいて、それから大陸横断のバスに乗った。アメリカという国の大きさと風景を肌で感じたいと思ったのだ。イエローストーン国立公園で、先に行っている友達と落ちあう予定になっていた。その途中のどこかで、彼は忽然《こつぜん》と消えた。

報せを聞いて、ヴィドクンさんはニューヨークに飛んだ。警察は調書を見せてくれ、息子と最後に話し、彼がバスに乗りこむのを見たという証人にも会わせてくれた。息子がバスを降りるところを見た人はついに見つからなかった。ヴィドクンさんは三か月のあいだ息子を探し、手がかりを尋ね歩いた。息子が乗ったのと同じバスに往路と復路、二度ずつ乗り、出会った人に片端から息子のことをたずねた。一家を知る人たちは口をそろえて、あの息子さんは黙って姿をくらますような子ではないと言った。彼らは悲しみにくれていた、そう兄は言っていた。

それからもう何十年も経ったが、いまでもわたしは思いがけないときにふと、そのバスに乗っているヴィドクンさんのことを思う。彼の横の窓は埃《ほこり》で汚れ、外の光によって窓になったり鏡になったりする。ポケットの中には息子の顔写真。日に一度は無理やり食べ物をのみくだし、会う人ごとに写真を見てくれないかと声をかける。「いいや」みな口をそろえて言う。「いいや、知らない」。何という長い旅。何という広い国。こんなところで、どうして人は生きていけるだろう？

わたしはこの物語を憎む。

ヴィドクンさん、あなたが大昔にくれたプレゼントのお返しに、わたしは二つのことをしようと思う。

一つは、このお話の結末をけっして変えないということ。これはあなたの物語だ。魔法もなければ、目の覚めるような救いもなく、最後のどんでん返しもない。あなたがそこから逃げられないのなら、わたしも逃げずにいよう。

そして二つめは、そんな悲しいお話が一つものっていない本をくれたあなたのために、わたしはもう二度とこの話を書かないと約束する。年を重ねるにつれ、わたしはますますハッピーエンドを求めるようになった。もう二度と、子供が永遠にいなくなってしまう物語をわたしは書かない。わたしの笛吹き男たちは、みんな穏やかな物腰と、静かな声の持ち主だ。迷子になった子供たちはみな、最後には〈王様ネズミ〉に見つけられて、ぶじに家に帰り着くのだ。

子供

アリ・スミス

いつものように昼休みに職場を抜けだして、一週間ぶんの買い物をしにウェイトローズに行った。野菜売り場にカートを置いたままスープ用のブーケガルニを取りに行った。ところが野菜のところに戻ってみるとカートが消えていた。誰かがもっていってしまったらしい。その同じ場所には他の人のカートがあった。小さなシートに子供が一人乗っていて、脚を出すところから小さな太った脚が突き出ている。

カートの中をのぞくと、さっき私が入れたものがいくつか見えた――オレンジ三袋、アプリコット、オーガニックのリンゴ、折りたたんだ『ガーディアン』紙、パック入りのカラマタ・オリーブ。まちがいない、私のだ。どう見てもこのカートは私のものだ。

カートに乗っている子供は金髪の巻き毛、抜けるように白い肌、バラ色の頰はまんまるで、まるでキューピッド、それかクリスマスカードの中の指のぷくぷくした天使、あるいは昔のイギリスの絵本から抜け出た子供のようだった——戦後のそういう絵本のなかでは、子供はみんな、夏には日焼けを防ぐために日除け帽をかぶっていた。カートの子供はフードのついたブルーの小さなスウェットの上下にブルーの靴をはき、鼻のまわりに少し何かついているほかは、とても身ぎれいだった。きれいなピンク色の唇は完璧な弓形で、目は青くて空《から》っぽなほど澄んでいた。見ていて気恥ずかしくなるくらい美しい子供だった。

こんにちは、と私は言った。お母さんはどこかしら?

子供はきょとんとして私を見た。

私はジャガイモの前に立ってしばらく待った。店内にはたくさんの買い物客がいた。明らかにこの中の誰かが、この子を私のカートに乗せたのだ。その誰かが戻ってきてこのカートを持っていこうとしたら、これは自分の買うものであることをその人に説明しなければ。そうしてカートを交換するか何かして、お互いに笑いあって、そしてまたいつものように買い物の続きをすればいい。

私は五分ほどそこに立っていた。五分後、子供の乗ったカートを押してサービスカウンターまで行った。

これ、どなたか探してらっしゃるんじゃないかしら。カウンターのパソコンを忙しく叩いている女の店員に向かって、私はそう言った。

何をです？　彼女は言った。

彼がいなくなって気も狂わんばかりになってる人がいるはずなんだけど、と私は言った。たぶん男の子だろうと私は思った。ブルーは男の子の色だし、云々。

サービスカウンターの店員の名前はマリリン・モンローといった。名札にそう書いてあった。

すごいお名前ね、私は名札を指さして言った。

はい？　と店員は言った。

あなたのお名前、と私は言った。ほら。モンロー。マリリン。

はい、と店員は言った。それが私の名前ですが。

まるで私がなにか聞いたこともないような異常なことを言ったかのように、彼女は私を見た。

それで、ご用件は何でしょう？　彼女は抑揚のない声で言った。

ああ、ええと、と私は言った。この子なんだけど。

まあ、かわいい坊やだこと！　と店員は言った。お母さんにそっくりだわ。

さあどうかしら、と私は言った。私の子じゃないので。

え、と店員は言った。気を悪くしたような顔つきだった。でもとってもよく似てらっしゃいますよ。ねえ、そうでちゅよね？　ちがいまちゅか？

店員は自分のキーホルダーについていたコイル状の赤いワイヤを子供に向かって振ってみせたが、子供は顔の数インチ前で振られるそれを、けげんそうに見るだけだった。

私は言われたことの意味がわからなかった。この子は私とこれっぽっちも似ていなかった。

ちがいます、と私は言った。ちょっとべつの場所に物を取りに行って、カートのところに戻ってきたらこの子がいたのよ、中に。

まあ、と店員は言った。ひどく意外そうな顔つきだった。迷子の連絡は入ってませんけど。

店員は内線電話のようなもののボタンを押した。

もしもし？　と彼女は言った。サービスのマリリンだけど。ええ、ありがとう。そちらは？　あのさ、そっちに迷子の連絡、入ってるかな。ない？　子供関係は何も？　迷子も？　迷子さんを見つけたってお客さんがこっちにみえてるんだけど。

店員は受話器を置いた。お客さま、やっぱり迷子さんの連絡は入ってないようです。

いつの間にか、私たちの背後に小さな人だかりができていた。まあかわいいこと、と一人の女性が言った。初めてのお子さん？

私の子じゃないんです、と私は言った。

いまおいくつ？　べつの女性が言った。

さあ、わかりません、と私は言った。

え、わからないの？　女性は言った。ぎょっとした顔だった。

おうおう、めんこいな。ウェイトローズで買い物をするにしてはやや貧しい身なりの老人がそう言った。老人はポケットから五十ペンス硬貨を出すと、それを私に見せて言った。ほれ、これを。銀貨は幸運のお守りといってな。

そしてそのコインを子供の靴の中に入れた。

それはおやめになったほうが、とマリリン・モンローが言った。自分で取って口に入れて、喉に詰まらせたら大変です。

取りゃあせん、と老人は言った。なあ、そうだなあ？　ほんにめんこいのう。めんこい、めんこい子だ。名前は何だね？　ん、お名前は？　きっと父さん似だろう。この子、父親に似とるだろう？

さあ、知りません、と私は言った。

知らない！　と老人は言った。こんなめんこい子の母親が、よくもまあそんなことを！

ですからちがうんです、と私は言った。本当に。私ぜんぜん関係ないんです。私の子じゃありませんから。ちょっと物を取りに行って、戻ってきたら——。

そのとき、カートに座っていた子供が私の顔を見あげ、むっちりとした小さな両腕を伸ばして、まっすぐ私に向かって言った。マンマアアア。

私を取り囲んで子供を愛《め》でていた一団が、いっせいに私のほうを見た。何人かは見透かしたような意味ありげな目つきだった。目を見あわせ、うなずきあっている人たちもいた。

子供がまたそれをやった。両腕を高く差しあげ、ほとんどカートから落ちそうになりながら、私に向かっていっぱいに身を乗り出した。

マンマンマアアア。

店員のマリリン・モンローがまた内線電話を取りあげて、何か話しだした。そのすきに子供が泣きだした。火がついたような、すさまじい泣き声だった。泣きながら母親を意味する言葉を私に向かって何度も何度も叫び、叫びながらカートを揺さぶった。

車のキーを持たせなさい、と女性客が言った。子供はキーで遊ぶのが好きよ。

どうしていいかわからないまま、私はキーを子供に渡した。子供はそれを床に放り投げ、いちだんと激しく泣いた。

抱っこしてあげなさいよ、シャネル・スーツを着た婦人が言った。ただぎゅっとしてほしいだけなのよ。

私の子じゃないんですって、と私はまた説明した。ほんとに、さっき初めて会ったばかりなんです。

早く、と婦人が言った。

婦人はカートのワイヤのシートから子供を引っぱりあげると、自分の服が汚れないようにできるだけ体から離して抱きあげた。シートから脚が抜けると、子供はいっそう大声で泣き叫んだ。顔がみるみる真っ赤になり、店全体に泣き声が響きわたった。〈私はうろたえた。なぜか自分のせいだという気がした。私は周りの人たちにすみません、とあやまった。）シャネルの婦人が子供をぐいと私の胸に押しつけた。子供はすかさず私にしがみつき、泣き声がぴたりとやんで、むずかるようなしゃくり上げに変わった。

あらまあ、と私は言った。自分にすごい力が備わっているような気がした。こんな経験は初めてだった。

集まっていた人々のあいだから納得したような声がもれた。ほらね？　と誰かが言った。私はうなずいた。そうとも、と例の老人も言った。なんたってこれが一番だ。何も心配することなんかありゃせんよ、あんた。あんなにかわいい子なのにねえ、女の客がそう言いながら通り過ぎた。最初の三年ってすごく大変なのよね、べつの客が高級ワイン売り場のほうにカートを押していきながら言った。ええ、とマリリン・モンローが内線電話に向かって言っていた。ちがうっておっしゃるのよ。自分のお子さんじゃないって。でももう解決したみたい。そうですよね、お客さん？　もういいですね？

ええ、口にかかる子供の金髪ごしに私は言った。

早く家に帰っておやりな、と老人が言った。何か食べさせれば、この子も機嫌を直すだろうさ。

歯が生えかけてるのよ、私より十ほど若いべつの女性客が言った。彼女はいかにもべテランらしく首を振った。ときどきほんとに何もかも嫌になるけど、でもいつかは終わるから。だいじょうぶ。家に帰ってハーブティーを一杯飲めば、すべて解決するわよ。この子もすぐに寝ちゃうはず。

そうね、と私は言った。ありがとうございます。ほんとにお騒がせしました。

何人かの女が励ますような微笑みを私に向けた。一人は私の腕をぽんぽんと叩いた。老人も私の背中を優しく叩き、子供の片足を靴の上から握った。五十ペンスだ、と老人は言った。昔は十シリングと言ったもんだが。あんたらの生まれるずっと前の話だ。十シリングあれば、一週間ぶんの食い物が買えたもんだがなあ。まあ、昔の話さ。変わるものもありゃ、変わらないものもある。そうだろ、お母さん？

ほほ、そうですわね。まったく同感です。私は首を振りながらそう言った。

私は子供を抱いて駐車場に出た。おそろしく重かった。

駐車場のリサイクルごみ箱の裏かどこかに置いていこうと思った。そこなら事故も起こらないだろうし、餓死かなにかする前にすぐ誰かに見つかるだろう。でもあんな騒ぎがあったあとだ。そんなことをすればあの人たちが私のことを思い出して、すぐに足がついてしまうにちがいない。そこで私は子供を後部座席に寝かせ、リアウィンドウのところに置いてあったひざ掛けでくるんでシートベルトで固定すると、運転席に乗りこんだ。そしてエンジンをかけた。

町を出て、どこか近くの村まで行くことにした。そして人目を盗んでそっと家の玄関先か店の前にでも置いてしまおうと思った。そうすれば誰かが見つけて警察に届け、本当の親なり何なり、この子を探している人のもとに返されるだろう。ただし誰にも見られないようにやらないと、私が子供を捨てたと思われてしまう。

それともまっすぐ警察に行こうか。いや、それだともっと面倒なことになりそうだ。子供をさらったと疑われるかもしれない。ことに、あんなふうに自分の子供のように抱っこして堂々とスーパーから立ち去ったあとでは。

私は時計を見た。すでに昼休みは終わっていた。

園芸センターの前を過ぎ、幹線道路に入った。次の標識が出たら左に折れ、最初に目についた静かで奥まっていてまばらに人家のある場所に子供を置き、すぐに町に取って返そうと考えた。走行車線をキープして、村の入口の標識が出るのを待った。

まったく下手くそな運転だね、背後から声がした。これなら運転できないぼくのほうがまだマシだよ。これがいわゆる全女性ドライバーの典型なの、それとも数ある女性ドライバーのなかで、たまたまあんたが下手くそなだけ？

子供がしゃべっていた。だがその声はびっくりするほど可愛らしくて、私は思わず笑い出しそうになった。ベルをつぎつぎ鳴らして美しいメロディを奏でるような、あどけなく澄んだ声だった。〝典型〟とか〝いわゆる〟といった難しい言葉を言うその言い方には、古風な、何世紀も前のような無垢な響きがあったが、同時にまだその言葉の意味を知ったばかりで、ためしに使ってみたのを私は幸運にも耳にすることができたというふうでもあった。

私は車を路肩に寄せて停め、エンジンを切り、運転席ごしに身を乗り出して後ろを見た。子供はおとなしくタータンチェックのひざ掛けにくるまれて、シートベルトで固定されていた。口がきけるような年齢には見えなかった。たぶんまだ一歳にもなっていないはずだった。

まったく嫌になるよね。難民や外国人がこの国にやってきて、われわれの職と利益を全部もっていっちゃうんだから。自然の法則を無視して、子供があどけない声で言った。あいつらみんな、元いた場所に強制送還するべきだよ。

Sの音がわずかに舌たらずで、〝難民《アサイラム・シーカーズ》〟も〝外国人《フォリナーズ》〟も〝職《ジョブズ》〟も〝利益《ベネフィッツ》〟も〝送還《セント》〟も、とても愛らしく聞こえた。

えっ？　と私は言った。

耳、聞こえないの？　難聴か何か？　と子供は言った。真のテロリストは正規のイギリス人じゃない人たちだよ。そういう連中がサッカー場に忍びこんで、善良なキリスト教徒のサポーターや、罪もないイギリスのチームを爆弾でふっとばすんだ。

小さな言葉たちはルビー色の口から転がり出た。私は子供の生えそめた小さな歯のきらめきに、ただ見とれていた。

子供は言った。ポンドはわれわれの正当な遺産さ。イギリス人はこの遺産を守る権利がある。女は子供を産むつもりなら仕事をするべきじゃないね。そもそも女が仕事をもつのがまちがいだ。自然の摂理に反してる。それになに、同性婚だって？　笑わせてくれるよね。

そして子供は本当に笑った、きらきらと、愛らしく、まるで私のためにだけ特別に聞かせてくれているように。大きな青い瞳はいっぱいに見開かれ、この世でいちばん素晴しいものを見るように私を見あげていた。

私はうっとりとなった。私も声をたてて笑った。

ふいに黒雲が太陽を隠すように子供の顔がかげった。目をきつく閉じ、脚をばたつかせ、ひざ掛けから出ている片方の腕を振りまわし、小さなこぶしを握りしめて、声をふりしぼって盛大に泣きはじめた。

お腹が空いたのね。そう思った瞬間、自然に手が自分のシャツに伸び、気がつくともうボタンをはずし、胸をこぼれ出させていた——将来この子を地元のいい学校に入れるためにはどうすればいいだろう、と思案しながら。

私は車をUターンさせて家をめざした。この美しい子供を手元においておくことに決めたのだ。私がこの子を育てる。私がこの子を愛する。きっとご近所さんたちは、私が今まで妊娠を隠しおおせていたことに驚くだろう。そしてまちがいなく町でいちばん美しいこの子のことを、みんなが誇りに思うだろう。私の父は膝の上でこの子をあやすだろう。ああやっとこの日がきた、そう言うだろう。もう孫の顔を見るのは無理なのかと思っていたよ。これで何も思い残すことはない。

美しい子供の、耳をとろかすような声と正統なクイーンズ・イングリッシュが私の夢想を打ち破った。すでにエリート私立校に通って正しい話し方を身につけた子のような発音だった。

女はなぜ結婚式に白を着るんでしょう？　後部座席から子供が言った。

え、どういう意味、と私は言った。

女はなぜ結婚式に白を着るんでしょう？　子供はもう一度言った。

それは、白は純潔の象徴だし、と私は言った。あと、白は――。

家の冷蔵庫とガス台に色を合わせるためだよ、子供は私をさえぎってそう言った。大西洋上を飛ぶ飛行機の中に、イギリス人とアイルランド人と中国人とユダヤ人が乗っていました。

は？　と私は言った。

プッシーとカントの違いはなあんだ。鈴をころがすような清らかな声で子供が言った。

ちょっと！　おやめなさい！　と私は言った。

うちの姑《しゅうとめ》に椅子を買ったんだけど、コンセントを入れようとするといやがるんだよ。うちの姑が太ってるのなんのって、〈マルコムX〉のTシャツを着せたらヘリコプターが来て姑の上に着陸しようとしちゃってさ。

〝太った姑〟ジョークを聞くのは二十年ぶりだった。私はうっかり笑ってしまった。

イラク戦争で生理前の女が砂漠に派遣されたのはなぜでしょう？　答え・四日ぶんの水分を自給できるから。紙袋を頭にかぶったイラク人、さてなあんだ？

やめて、と私は言った。もうたくさん。聞くに堪えない。

私はブレーキを踏んで、走行車線の真ん中で車を停めた。何台もの車が急ブレーキを踏み、けたたましくクラクションを鳴らしながら私たちを追い越していった。私はハザードランプを点滅させた。子供がため息をついた。

なあんだ、ずいぶんポリティカリー・コレクトなんだね。後ろの座席で子供がかわいらしく言った。おまけに運転は最悪。女を盲目にするには？　目の前にフロントガラスを置けばいい。
ハ、と私は言った。古典ね。
私は幹線道路を離れてB道に入り、深い森の中まで車を乗り入れた。後部座席のドアを開き、毛布にくるまった美しい金髪の子供を中から出した。ドアをロックした。子供を抱いて半マイルほど森の中を歩き、ちょうどよさそうな場所を見つけると、タータンのひざ掛けにくるんだままの子供を木の根元に横たえた。

この場所、知ってるよ、と子供が私に言った。ここは前にも来たことがある。

さよなら、と私は言った。森の動物に拾って育ててもらいなさい。

私は家に帰った。

だがその夜は子供のことを考えて眠れなかった。この寒さのなか、森にひとりぼっちで食べるものもなく、あの子があそこにいることすら誰も知らないのだ。午前四時、私は寝床を抜けて部屋の中を歩きまわった。とうとう心配でふらふらになりながら森まで車を走らせ、前と同じ場所で停め、森の中を半マイル歩いた。

子供はそこにいた。同じ場所で、タータンのひざ掛けにくるまったまま。

遅かったじゃないか、と子供は言った。おかげさまでこっちは元気だよ。さっと戻ってくると思ったよ。ぼくと離れるなんてできっこないもの。

私はふたたび子供を後部座席に乗せた。

さあて。どこに行く？　と子供は言った。

どこだと思う、と私は言った。

ブロードバンドかＷｉ－Ｆｉのあるところがいいな、ポルノ動画を観たいから。美しい子供は美しく言った。

私はとなり町まで行き、目についた最初のスーパーの駐車場に車を乗り入れた。朝の六時四十五分だったが、店はもう開いていた。

わあ、と子供が言った。二十四時間営業のテスコは初めてだよ。アズダとセインズベリーズとウェイトローズは来たことがあるけれど、テスコは初めてだな。

私は防犯カメラに顔が映らないよう帽子のつばを目深に下げ、タータンの毛布をかかえ、中から客が二人出てきたのと入れちがいに出口のドアから入った。店内はとても静かだったが、それでも客はちらほらいた。クッキーの棚の前に、趣味のいい品々が入ったカートが一台置きっぱなしになっていた——フレンチバター、イタリアのオリーブオイル、折りたたんだ最新の『ガーディアン』紙。私はひざ掛けの中から子供を出し、カートの子供用シートの穴にかわいらしい脚をすべりこませた。

じゃあね、と私は言った。がんばって。幸運を祈るわ。望みのものが手に入るといいわね。

あんたの望みのものが何なのか、ぼく知ってるんだよ。子供が私の背後からささやきかけた——ただし他の人に聞かれないように、そっと。ねえ、待ちなよ！　子供が押し殺した声で言った。脳細胞が二つある女ってなあんだ？　答え・妊婦！　なんでショッピングカートが発明されたか知ってる？　女に二足歩行を教えるためだよ！

そして子供はまたあの天使のような、愛らしい、子供子供した笑いをきゃっきゃと笑ったが、私は売り場をあとにして出口に向かい、けさ届いたばかりのタブロイド紙のビニール紐をカッターで切って棚に並べている女子店員たちの横を通り、おもてに出て、車に乗り、駐車場を出、そうするあいだにもイギリスじゅうでは教会が朝の鐘を打ち鳴らす音が響きわたり、英国の鳥たちの歌声が新しい一日の始まりを、天に神おわしまし、すべて事もなきこの世を、ことほいだ。

ブタを割る

エトガル・ケレット

どんなに頼んでも、父さんはバート・シンプソン人形を買ってくれなかった。母さんはいいと言ったのに、父さんは母さんがぼくに甘すぎると言った。「そうだろうが、え？」父さんは母さんに言った。「なんだっておれたちがそんなものを買ってやらなきゃならん？　お前はいつもそうやって、息子がちょっと泣き声を出したらすぐに言うことを聞いちまうんだ」お前はお金のありがたみがわかっていない、と父さんはぼくに言った。こういうことは子供のうちに叩きこまなきゃだめなんだ。バート・シンプソン人形を簡単に買ってもらうような子供が、大きくなって雑貨屋に押し入るような不良になるんだ。欲しいものは何でも楽して手に入るのが当たり前だと思っているからな。というわけで、父さんはバート・シンプソン人形のかわりに、背中にお金を入れる穴のあいた、ださい陶器のブタの貯金箱をぼくにくれた。さあこれでもう大丈夫、息子は不良になったりしない、というわけだ。

毎朝、ぼくは大きらいなココアを飲まされる。膜がはったココアを飲めば一シェケル、膜なしだと半シェケル。すぐに吐き出してしまったら何もなしだ。もらったコインをブタの背中に入れて振ると、ガラガラ音がする。ブタがいっぱいになって振っても音がしなくなったら、スケボーに乗ったバート・シンプソンの人形を買っていい、そう父さんが約束したのだ。これならお前のためにもなるからな。

よく見るとブタはかわいかった。鼻をさわるとひんやりしていて、一シェケルを背中に入れるとにっこり笑い、半シェケルを入れてもにっこり笑う。でもなんといっても一番すてきなのは、何も入れないときでもにっこりしてくれることだ。ぼくはブタに名前をつけた。ペサフザン——これは前にうちの郵便受けに住みついていた人の名前で、父さんはやっきになってこの人のシールをはがそうとしたけれど、だめだった。ペサフザンは他のどんなおもちゃとも似ていない。とても静かで、ライトも、バネも、液もれのする電池もない。ただ一つだけ、テーブルから飛びおりそうになるのだけは注意していなくちゃいけない。「ペサフザン、気をつけろ！　お前は陶器でできてるんだから」ペサフザンが身を乗り出して下の床をのぞいているのを見つけて、ぼくは言う。するとかれはにっこり笑って、ぼくが下におろしてやるまでおとなしく待っている。ペサフザンが笑うとぼくもうれしくなる。ペサフザンのためだけに、ぼくは毎朝膜のはったココアを飲む、一シェケルを背中に入れて、かれの笑顔がいつもと変わらないのを、ただたしかめたい一心で。「大好きだよペサフザン」そのあとでぼくは言う。「ほんとだよ。母さんよりも父さんよりも好きだ。何があっても、たとえお前が雑貨屋に押し入ったって、きらいになんかなるもんか。でもお願いだから、テーブルからジャンプするのだけはやめてくれよな!」

きのう父さんがやって来て、テーブルの上にいたペサフザンを持ちあげて、乱暴に振ったりさかさまにしたりしだした。「やめてよ父さん」とぼくは言った。「ペサフザンがお腹をこわしちゃうよ」でも父さんはやめなかった。「もう音がしなくなったな。つまりどういうことかわかるか? スケボーに乗ったバート・シンプソン人形があしたお前のものになるということだ」「うん、そうだね」とぼくは言った。「スケボーに乗ったバート・シンプソン人形、すごくうれしいな。でもお願いだからペサフザンをそんなふうに振らないでよ。目を回しちゃうじゃないか」父さんはペサフザンをテーブルに置いて、母さんを呼びにいった。そして片手で母さんの手をひっぱり、もう片ほうの手に金づちを持ってもどってきた。「どうだ、おれの言ったとおりだろう」父さんは母さんに言った。「こいつもやっと物の大切さを学んだんだ。そうだな、ヨアヴィ？」「うん」とぼくは言った。「すごくわかったよ。でもその金づちはなんなの？」「お前がやれ」父さんはそう言って、ぼくの手に金づちをにぎらせた。「気をつけるんだぞ」「うん。気をつけるよ」とぼくは言って、そのとおり気をつけていたけれど、しばらくすると父さんはしびれを切らして言った。「どうした、早くブタを割れ」「え？」とぼくは言った。「ペサフザンを、割る？」「そうだ、そのペサフザンだ」と父さんは言った。「さあ、早く割るんだ。もうバート・シンプソンを買っていいんだぞ。お前はよくがんばったからな」

ペサフザンは、自分がもうすぐ死ぬ運命なのを知っている陶器のブタの悲しい笑みを浮かべていた。バート・シンプソンなんてどうだっていい。このぼくが、友だちの頭を金づちでかち割るだって？「バート・シンプソンなんかいらない」ぼくは父さんに金づちを返した。「ペサフザンだけでいい」「なにを言ってるんだ」と父さんは言った。「遠慮するな。これは社会勉強なんだから。貸せ、父さんがやってやろう」父さんは金づちをふりあげた。母さんがぎゅっと目をとじ、ペサフザンがあきらめたようにほほえむのを見て、ぼくは自分がなんとかするしかないと気づいた。ぼくが何もしなければ、ペサフザンは死ぬのだ。「父さん」ぼくは父さんの脚にすがりついた。「なんだ、ヨアヴィ」父さんは金づちをもった手を止めて言った。「お願い、あともう一シェケルだけ」とぼくは言った。「あしたの朝ココアを飲んで、もう一シェケル入れてもいいでしょ？そしたらきっと割るから。約束するよ」「あと一シェケルだと？」父さんは笑って金づちをおろした。「見たか？ こいつ、すっかり克己心が身についたようだぞ」「うん、そう、こっき心だよ」とぼくは言った。「だからあしたまで待って」もう涙で声がふるえていた。

二人が出ていったあと、ぼくはペサフザンを抱きしめて、好きなだけ泣いた。ペサフザンは何も言わずに、ただぼくの手のなかで小さくふるえていた。「心配しないで」ぼくはかれの耳にささやいた。「きっと助けてやるから」

その夜、父さんが居間でテレビを見おわって二階に上がるまで、ぼくは待った。それからそっとベッドを抜けだして、ペサフザンを連れて忍び足でポーチから外に出た。ぼくらは暗やみのなかを長いこと歩き、やがてアザミのおいしげる原っぱについた。「ブタは原っぱが大好きだろ」ぼくはそう言って、ペサフザンを地面におろした。「とくにアザミの原っぱには目がないんだ。お前もきっと気に入るよ」ぼくはペサフザンが何か言うのを待ったけれど、かれはだまっていた。さよならのかわりに鼻にさわると、かれはただ悲しげにぼくを見つめかえしただけだった。もう二度と会えないのがわかっていたのだ。

ポノたち

ピーター・マインキー

十歳のころの私は、夜眠れなかった。目をつぶったとたんポノたちがやって来たからだ。ポノは白っぽい生き物で背は六十センチほど、とんがり頭で顔つきは凶悪だったが、声はひとことも発しなかった。奴らは静かに、じわじわ近づいてきて、こっちの恐怖心をたっぷりあおりたてる（何をされるかあらかじめわかっているからなおさらだ）。それから私をくすぐりにかかる。当時の私は極度のくすぐったがりで、誰かにちょっと触られただけでもうだめだった。ポノたちはサディスティックな酔っぱらいの叔父さん軍団さながら私の体に群がり、気が狂いそうになるまで、吐きそうになるまでくすぐり続けた。苦しさに息もたえだえで手足をばたつかせ、汗びっしょりで目を覚ますと、心臓が小学校の鼓笛隊の大太鼓みたいにどんどこ鳴っていた。マーフィー兄弟が奴らを追い払ってくれるまで、そんなことが一年ちかくも続いた。眠るとかならずポノたちがやってくるものだから、私はふつうの子供以上に寝るのを嫌がった。両親にはわかってもらえなかった。彼らから見れば、ポノなんてそんなに怖いものとは思えなかったし、息子が作り話をしているんじゃないかと長いこと疑ってもいたからだ。当時の親友、縮れっ毛で黒い目をした、疑うことを知らないフランキー・ハンラティでさえ、私の言うことには半信半疑だった。ポノなんてもののことは誰ひとり（私を含めて）聞いたことがなかった。妖精とも小人《ドワーフ》ともトロルともちがう、それをぜんぶ混ぜあわせたような何かだった。それにしても、我ながらこの名前はどこから思いついたのだろう。両親はこのネーミングにどことなく卑猥な響きを感じていたとみえて、ひどく嫌な顔をした。

「もうそのなんだ、ポノとかいうものの話はやめろ。部屋に行って寝るんだ！」

「だって、怖いんだよ！」一九四二年のその年、私はしょっちゅう泣きべそをかいていた。眼鏡の奥で涙に濡れている私の目は、両親、とりわけ父親をさぞやがっかりさせたにちがいない。父は何度も私をエベッツ球場のドジャースの試合に連れていき、クッキー・ラヴァゲットとかディキシー・ウォーカーといった男らしい選手たちに引き合わせた。おかげで私の部屋にはサインボールのコレクションができ、家にお客が来るたびに父はそれを見せた。

恐怖心から、私は全力で眠気と戦った。ランプや懐中電灯や月の光で夜どおし本を読み、ただでさえ悪い目をますます痛めつけた。しまいには疲れはててうとうとしたが、眠りはごく浅かったから、ポノたちが地平線のかなたに姿をあらわすと――『ウエスト・サイド物語』の不良団そっくりの登場のしかただったが、もちろん当時はそんなこと知るよしもない――こっちに来る前に意思の力で目を覚ますのに成功することもあった。よくみんなでふざけてこじ開けたマンホールの鉄の蓋みたいに重たいまぶたを、少しずつ、少しずつ押し上げていって、ついに「インディアンの毛布」と呼んでいたブランケットの、テントみたいな三角模様が目に入る。でもたいていは、三角形が見えたと思ったらすぐにまぶたが閉じてしまい、気づくともうポノに取り囲まれている。ブランケットの模様の夢を見ただけという可能性もないではないが、たぶんそうじゃないだろう。

時には目を開けようとするのも、コレハタダノ夢ナンダと自分に言い聞かせようとするのもあきらめ、敵に背を向けて走りだすこともあった。私には一つだけ運動方面で取《と》り柄《え》があって、それは足が速いことだった。十歳のときもかけっこでは誰にも負けなかったが、今でもそれは変わらない。わが家の娯楽室にずらりと並んでいるトロフィーは、どれも私が若白髪をふりたて、東海岸を連戦して手にした五千メートルや一万メートル走シニア部門の勝利の証《あかし》だ。レースの終盤、背後からひたひた足音が迫ってくると、脳裏にポノたちの記憶がよみがえる。するとアドレナリンがあらたに噴き出し、たちまち足音は後ろに遠ざかる。だが夢のなかではいつもポノたちにじりじり差を詰められ、足はどんどん重くなった。あとちょっとで断崖から飛び下りられるのに、まるで腰まで水に漬かって鎖をひきずって走っているみたいで、ついには崖の手前で追いつかれてしまう。まあ典型的な夢のパターンだが、ふつうはポノなんか出てこないだろう。

母は当時、繰り返し見る悪夢にうなされていたので、父よりはポノに対して理解があった。母が見るのは〝古典的〟なやつ、空っぽの部屋の夢だった。夢のなか、母はどこかの大きなホテルの長い廊下を歩いている。まったく同じドアが並んでいるのだが部屋番号はない。母は不安な気持ちを押し殺しながらドアを一つひとつ探していき、やがてあるドアの前で立ち止まる。それが自分の部屋だと、なぜかはっきりわかる。ゆっくり、ゆっくりドアを開けると、部屋はがらんどうで、ぎゃっと叫んだところで目が覚める。夢のなかで叫ぶだけのこともあれば、実際に声が出ることもあった。ただ、母がその夢を見るのはせいぜい週に一回かそれ以下だったため、私ほどひどい睡眠不足には悩まされていなかった。だから私が他のさまざまな問題に加えて学校の成績まで下がってしまったのには、母も堪忍袋の緒を切らした。母は教育熱に浮かされていて、この本好きの息子を、何としてでも一族で初の大学出にしようと躍起になっていた。ノーマン・ヴィンセント・ピールがしょっちゅう近所の教会に来て説教をしたものだから、この界隈の住民はみんなポジティブ・シンキングにかぶれていた。

その年の私はベッドでろくに眠れなかったぶん、他のありとあらゆる場所で寝た。車の中、映画館、食事中。まさに生ける屍、ゾンビだった。冬は銀色のペンキを塗ったラジエーターのそばで床に丸まって寝た。暖房のたてるカチン、カチンという音がポノを遠ざけてくれるような気がしたからだ。授業中にもしょっちゅううとうとした。一度などは本当に床に転げ落ちて、『三ばか大将』のギャグみたいに眼鏡を壊した。当時はみんな、土曜日のたびにクエンティン・シアターのマチネで『三ばか大将』を観ていた。二本立て十一セント払えば、そこはもう別世界だ。でも担任のミス・マクダーモットにギャグは通じず、私は居眠りするたび、黒板を指すのに使う棒で指関節をぴしゃりと打たれた。大きくておっかない、鬼婆みたいな先生で、ミス・マクダーモットがはじめてその棒を『キャプテン・ブラッド』の殺し屋みたいにこっちに向けて近づいてきたときには、目玉をくりぬかれると思って椅子から飛びあがった。これにはクラスが大爆笑で、おかげでそれから何週間も、みんなから鼻先に指を突きつけられてからかわれた。

私の一家はボストンのアイルランド人街からブルックリンのアイルランド人街に移ってきた。父の〝リトル〟ジャック・ショーネシーはレッドフック界隈のタフなバーに出入りしていたが、そのあたりは（父いわく）辻ごとに警官が立っていて、どこかのアイリッシュのどたまをかち割ってやろうと手ぐすねひいていた。父が〝リトル〟ジャックで息子の私は〝リトル〟ジム（あるいは〝リルジャック〟、〝リルジム〟）。親子そろって小さかったが、父はフロイド・ベネット空港の倉庫で働いていて、筋骨たくましかった。ケンカに明け暮れるというほどではなかったが、たまの殴り合いはたしなんでいて、だから私が肉体的な暴力を極端に恐れるのにはいたく失望していた。

「そらどうしたジミー、もっと左を上げろ」父は私のほっぺたを軽く叩いて、ぐるぐる私の周りをまわる。「肩からまっすぐ繰り出すんだ、さあ！」

私は涙を必死にこらえ、やみくもに腕を振りまわす。眼鏡なしで見る世界は、雨に打たれた水彩画みたいににじんで見えた。いまだに眼鏡を取ると、どこかからげんこつが飛んできそうな気がする。だがふしぎなことに、私がトムとケヴィンのマーフィー兄弟に恋したのは、まさにその暴力ゆえだった。恋、というのが正しい言葉かどうかはともかくとして。

私は根っからのヒーロー好きだった。たぶん今でもそうなのだろう――これだけケネディ大統領の人格上の欠陥や政策の失敗が暴露されてもなお、一九六三年のあの暗殺からこっちアメリカは右肩下がりで堕落してしまったと信じて疑わないのだから。子供のころのわがヒーローは、みんな本（ダルタニャンやロビン・フッド）や映画（グリーン・ホーネットに快傑ゾロ）の登場人物、でなければネルソン・エディのような俳優だった。ネルソン・エディがジャネット・マクドナルドとロマンチックなシーンを演じるたびに、クラスの友だちはヒュウヒュウはやしたてた。私も内心を悟られないようにいっしょになってヒュウヒュウ言ったが、夜になると、寝床の中でポノたちを追い払いながら、王立カナダ騎馬警察の制服に身を包み、高らかなテノールで「僕は誰かに恋してる、恋してる……」と歌いあげていた。そしてベッドの足元にはジャネットが立って、信じられないくらい華奢《きゃしゃ》な自分の足を恥ずかしそうに見つめたり、いつもいっしょに部屋にいるわが名馬を優しくなでたりしながら、私の歌声に聞きほれていた。私は絶望的な音痴だったから、この空想は滑稽のきわみだった。なにしろ一学期じゅうずっと、音楽の時間に口だけ動かして声を出していなかったのがついにミス・マクダーモットにばれ、クラス全員の前で「ロパク屋さん」という不名誉なあだ名を頂戴したほどだったのだから。

マーフィー兄弟はタフ中のタフ、第245小学校の災厄だった。昼食代はカツアゲする、殴り合いのケンカはする、体育の時間にホームランはかっ飛ばす。他の生徒たちにくらべて頭二つ三つぶん背が高かったが、何のことはない、何度か落第したので年が上だったのだ。より邪悪なほうが、兄さんのトム。弟のケヴィンは腕っぷしは強かったがおつむが弱く、もしかしたら少々足りなかったのかもしれない。トムはケヴィンをいいように顎で使ったが、本当には怒らせないように用心していた。ケヴィンが本気で怒ると何をしでかすかわからないのが、年々ますますはっきりしてきたからだ。二人とも色が白く、細身の黒髪で、白いシャツの袖をまくり、黒いズボンにぴかぴかに磨きたてた黒靴をはいていた。乱暴者のわりに服装は小ぎれいで、エルヴィス・プレスリー・ファッションの——もっともエルヴィスのような甘さは微塵《みじん》もなかったが——はしりといった感じだった。コール天のニッカボッカーズをはいて靴下どめをぶらぶらさせ、靴下を足首あたりにたるませながら廊下を口笛吹いて歩いている他の男子連中とはえらい違いだった。チビで貧相な私は、この荒くれの兄弟に心の底からあこがれた。彼らは当時街のいたるところに貼ってあったポスターの、たくましい兵隊や水兵や海兵隊たちにどこか似ている気がした。

マーフィー兄弟は二人とも、きついブルックリン訛りだった（自分たちの名前も〝モイフィ〟と発音した）。だが訛りは街じゅうでひどくなるいっぽうで、各学校はそれを阻止しようと涙ぐましい努力をしていた。一九四二年の人々の訛りはそれはもうひどいものだった。学校でこんな詩を暗唱させられたのを、今も覚えている。

昔あるところに亀《タートル》がいて
ファーストネームはマートルで
泳ぎいでたる　ジャージーの浜辺……

トム・マーフィーは教室の前に立たされ（これをやらされる生徒は他にもたくさんいた）、不敵な笑いを浮かべ、股のあたりをぼりぼり掻き、飛んでくる紙つぶてをよけながら、ぼそぼそと始める。

あー、昔ぃ、あるところに亀《トイトル》がいてぇ、
フォイストネームはモイトルでぇ、
泳ぎいでたる　ジョイジィのぉ……

クラスじゅうのやんやの喝采のなか、トムは試合に勝ったボクサーよろしく頭の上で手を叩き、悠然と席に戻っていく。ミス・マクダーモットはマーフィー兄弟を叩きこそしなかったが、二人がまるで存在していないかのように振る舞うことで、彼らの引き起こす混乱《ディスターバンス》を（ディストイバンス！）なんとか最小限にとどめようとした。だが焼け石に水だった。兄弟は煙草を吸い、胸のわるくなるような写真のついたトランプを学校に持ってき、トイレの壁や校庭のコンクリの道に落書きをした。もちろん卑猥な落書きもしたのだろうが、一九四二年の秋、彼らが書いたのはもっぱら〈ドイツ野郎をぶっ殺せ〉だの〈ジャップは虫ケラ〉だのといった文言だった。彼らはばりばりの愛国者だった。私はついこのあいだ娘の通う高校に行ったが、ハンドボールのコートにペンキで〈ヤンキーどもは北アメリカから出ていけ〉と書いてあるのを見て、しみじみ時の流れを感じたものだ。

ところがそのトム・マーフィーが、とつぜん私を気に入った。まるでライオンとネズミ、王子と乞食だった。私はドイツの潜水艦にやられたみたいに完全に撃沈され、正常な思考力をなくしてしまった。もっとも正常な思考なんてものは、一九四二年には大して意味はなかった。寝不足のせいだったのかもしれない。

雨が降って、外でソフトボールやタッチフットボールができないと、私たちは体育館でマーフィー兄弟が三度の飯より好きな野蛮な競技、すなわちドッジボールをやらされた。クラスが二手に分かれ、サッカーボール大の球を敵めがけてぶつけ合い、どちらか一方が全滅したら試合終了だ。マーフィー兄弟はいつも同じ側にいて、狭い体育館の端から端まで届くようなすごい球を投げては、敵チームを鉛の兵隊みたいになぎ倒していった。私はチビで的が小さかったので、いつも最後まで生き残ったが、他人に球を当てるなんていう芸当はとてもできなかったし、どうせ最後には狙い撃ちされたので、誰からも恐れられていなかった。だが九月のある雨ばかり降った週――そのころ海の向こうでは我らが海兵隊がガダルカナルに侵攻し、ロンメル将軍がエジプトを制覇しようとしていた――マーフィー兄弟が私を最後まで仕留められないまま、時間切れで体育の授業が終わってしまう、ということが二度続けてあった。二人が最前線に立って、ものすごい球をビュンビュン投げこんでくる。私は猟犬に追いつめられたウサギみたいに死に物狂いで跳びはね、しゃがみ、横すべりしてそれを避けまくる。もうだめだ、次の一球できっと頭を粉々に砕かれて壁のシミになる、と思うが球はことごとく逸れて後ろの壁にぶつかって跳ねた。とうとう体育の先生が二個めの球をコートに投入し、兄弟が同時に二つの球を投げたが、それでも一度も当たらなかった。今にして思えば、彼らは特に運動神経がよかったわけではなく、ただみんなより図体が大きくて力が強かっただけなのかもしれない。

次の日は土曜日だった。隣に住んでるフランキーと家の前で戦争カードで遊んでいたら、突然マーフィー兄弟がぬっと立ちはだかって私たちを見おろした。ケヴィンはいつもやるようにフランキーのかぶっていた野球帽を取り、それをトムと何度もキャッチボールした。私たちはしゃがんだまま何も言わず、何も考えず、ただ兄弟を交互に見あげていた。

やがてトムが言った。「おいリルジム、リコリス棒、買って来い」そして一セント玉を私の手に握らせた。「おら、とっとと行け」モストリーニさんの雑貨店は三ブロック先だったから、私はあわてて駆けだした。安堵のため息がもれた。ドッジボールのことで怒らせたから、眼鏡を壊すかなにかされるんじゃないかと思ったのだ。店まで走りに走り、リコリス棒二本を手にあっという間に戻ってきたあの日の私は、まちがいなく東三十二丁目の三ブロック走の新記録を打ち立てたと思う。トムは礼も言わずに私の手からリコリス棒を取ると、フランキーの新品の帽子のボタンをちぎっていた弟に一本を渡した。フランキーはしゃがんだまま目にいっぱい涙をため、憎しみのこもった目で私たち三人を見あげていた。私が敵側についたことを知ったのだ。私はフランキーをあっさり見捨て、次なる命令を待った。

「ジャガイモ、持ってきてくんねえか」

「無理だよ、そんなの」と私は言った。トムがぎろりとにらんだ。「一個だけなら、まあなんとか」

「でかいやつを頼むぜ」とトムは言った。「ミッキーが食いてえんだ」焚き火で焼いたジャガイモのことを、私たちはそう呼んでいた。フラットブッシュの町のいたるところ、焦げたジャガイモのいがらっぽい匂いが漂っていた。

「ぼくの帽子」フランキーが言った。ケヴィンはきのうの雨でできたぬかるみに帽子を落とし、足で踏みつけた。もう台なしだった。フランキーは茫然として帽子をつまみあげると、家の玄関の階段をよろよろと上がっていった。私たちの住みかは長屋式につながったレンガ作りの二階建てで、やや傾いてはいたものの、そこそこ世間並みの家だった。玄関前に階段が何段かあり（そこでよくストゥープ・ボールをして遊んだ）、家の前にはハンカチほどの大きさの芝生もあって、たいていはその周囲をささやかな生け垣が囲んでいた。家の正面には街灯が立っていて、夜はその明かりで本を読んだ。その横にはまだ細いカエデの若木が一本あり、嵐の日には父がそれを街灯にゆわえつけた。

家の脇を通って裏口にまわると、スイスチャードやニンジン、ラディッシュ、ビーツなどを植えてある家庭菜園《ビクトリー・ガーデン》で、母が何かしていた。父は毎週土曜日にはシープスヘッド・ベイに釣りに出かけていた。魚をどっさり持って帰ってはきたが、内容に波があり、予測がつかないので、ありがた迷惑でもあった。だが今日にかぎっては助かった。おかげで盗みがやりやすくなる。

私が通りすぎようとすると、母が言った。「あんた、どうかしたの？」母には、まるで私が鼻先に心をぶらさげているみたいにこっちの内心をずばり見透かす特殊能力があって、それのせいで私はしょっちゅう母の首をしめてやりたくなった。

「どうもするわけないじゃん」声に混じる嘘を軽蔑でまぎらわせて、私は言った。「喉がかわいただけだよ」

「そ。牛乳をたくさんお飲み」母は額をぬぐいながらそう言うと、私の顔をじっと見た。私はそそくさと台所に入り、流しの下のジャガイモの桶を見た。十個ほどの中から大きいのと小さいのを一つずつ取ってシャツの下に隠すと、正面玄関から外に出た。マーフィー兄弟は近くの空き地で、もう火をおこして待っていた。

こうして始まった私のこそ泥人生は、それから八か月ちかく、一九四三年に入ってまで続いた。性分とは裏腹に、私には天賦の才があった。いつも震えていたが、捕まったことは一度もなかった。私はジャガイモから母の財布の中身へ、モストリーニ雑貨店のチューインガムから(トムいわく〝あのナチのイタ公の店〟)デリカテッセンの煙草へと進級していった。店主たちがマーフィー兄弟に用心している隙に、私の素早い手はポケットいっぱいに禁断の品をつめこんだ。ドイツ系の男の子をぶちのめして病院送りにし、子猫を下水に投げこみ、たしなめようとした父兄の車のタイヤをナイフで切り裂くマーフィー兄弟の後ろ楯のもと、自分より大きい連中から小銭を巻き上げもした。詐欺師と泥棒の守護神マーキュリーのように、私はトムとケヴィンにとっての小回りのきく使い走りだった。

　私は彼らを愛した。彼らのことをよくわかりもせずに、自分は必要とされていると思いこんでいた。だが彼らが欲しがったのは一時の気晴らしで、それを私がつかのま供給していただけだった。ケヴィンは文字通りの文盲で、ある日私が新聞の日曜版のマンガを読んであげたのをきっかけに、彼のお抱えの朗読係になった。ケヴィンが読む（見る）のはマンガだけだった――『プラスチックマン』、『スーパーマン』、『キャプテン・マーベル』、『カッツェンヤンマー・キッズ』。なかでも『ジャングルの女王シーナ』は、グラマーな体つきときわどい衣装がことのほかお気に入りだった。

「おい見ろよこれ」と彼はキンキン声で言う（ケヴィンも、そして弟ほどではないもののトムも、鼻にかかった甲高い声の持ち主だった）。「いってえぜんてえ《ホワット・ザ・フリーク》、これ何て言ってやがんだ？」

「『下がって』」と私は読み上げる。「『あそこに何かあるわ！』」

「最っ高《フリーキング・A》だな！」ケヴィンが叫ぶ。この手のお話に、彼は身も世もなく興奮した。

　私がマーフィー兄弟の話し方をそっくり真似るようになるのに、そう時間はかからなかった。甲高いキンキン声のきついブルックリン訛りに、汚い罵り言葉（学校で）や半罵り言葉（家で）を、意味もわからずちょくちょくはさみこむのだ。母は仰天した。

「いってえぜんてえ《ホワット・ザ・フリーク》、こりゃ何なんだ？」母がテーブルに置いたキャセロール料理を見て、私はキイキイと言う。

「ジミー！　そんな言葉づかいするんじゃないの！」

「〝フリーク〟？　それのどこがいけないのさ？」私はとことん無邪気に言い返す。「フリーク、フリーキー、フリーキング。べつに意味なんかないよ。みんなだって言ってるし」まあ、なにしろ一九四三年の話だ。

「他の連中のことなど知ったことか」父も顔を真っ赤にしてどなる。「この家の中では言葉に気をつけろ。今すぐだ！」

　週末になると、私たちは空き地で火を囲んで座り、私が盗んだ煙草を吸い（マーフィー兄弟の銘柄は〈ラッキー・ストライク〉の赤のブルズ・アイで、それが白シャツの胸ポケットごしにいつも透けて見えていた）、私がティーティエンス青果屋の店先でくすねたミッキーを食べた。だいたいいつも六人ほどがいた――マーフィー兄弟、私、それから同じブロックの、もう顔も忘れてしまったタフな連中が二、三人。

降りつづいた雨が空き地を雑草と粗大ゴミまじりの赤土の塹壕《ざんごう》に変えた春のある日──そこは古いストーブや壊れた自転車や使い道のなくなったガラクタの捨て場所になっていた──トム・マーフィーが「整列」という遊びを思いついた。学校のドッジボールとニュース映画で観た銃殺刑が、アイデアの元だった。近所のガキどもを何人か捕まえてきて、空き地に面した倉庫の壁の前に捕虜兵みたいに並んで立たせ、泥団子を投げつける。そして当たった数をカウントして、誰が一番かを決める、というのだ。

「フランキーと弟、連れてこい」トムは私に言った。トムにとっては世の中のほぼ全員が敵だった。「あいつら今、家の前で『ドイツまであと三歩』やって遊んでるからよ。見せたいものがあるって言って、ここまで連れてこい」

帽子の一件以来フランキーはひどく用心深くなり、マーフィー兄弟が姿をあらわすと、急いで家の中に逃げこむようになっていた。ここ何か月かはずっと私のことを非難がましい目で見ていたが、何も言わなかった。そして私も熱く焼けたミッキーみたいに彼をぽいと捨てた。たった一人の本当の友だちだったのに。

「きっと来ねえよ」と私は言った。「俺の言うことはたぶん信じねえ」

「信じるさ」トムが言った。ケヴィンが私の足を踏み、手荒く茂みに突き飛ばした。信じられなかった。今まで彼にこんな目にあわされたことはなかった。私は救いを求めるようにトムを見た。

「フランキーとビリーを連れてこい」トムはもう一度言った。「俺ら茂みに隠れてるからな」

私は泣きたい気分で通りを歩きだした。胸がはりさけそうだった。自分の家に逃げこんで隠れてしまおうか？　フランキーに逃げろと言おうか？　だが、どれもあり得ない選択肢だった。マーフィー兄弟への忠誠は絶対だった。自分の子供時代が炎に包まれ、その火の奥から私はフランキーに話しかけた——ミッキーがあるから空き地に来いよ。無邪気に目を輝かせながら、内心では自分のしていることをいやというほどわかっていた。両親や教会に背を向け、親友を裏切り、それもこれもぜんぶマーフィー兄弟を愛しているからだった。そして彼らからも同じように愛されたかった。

「母さんがイモを二個くれてさ、もうすぐ焼き上がるんだ。ビリーと二人で半分こすればいいよ」

フランキーは私を信じようとした。「きょう、トムとケヴィンに会った？」

「あいつらはカニ釣りに行ってるよ」悪魔のような滑らかさで私は言った。「ジェイクっていう叔父さんが港のほうまで連れてってくれるんだ。ワタリガニを持って帰ってくるって約束してくれたよ」

空き地までのほんの二百メートルは、人生でもっとも長い道のりだった。私はフランキーに何も質問させまいとして、狂ったようにぺらぺらしゃべり続けた。ビリーは途中でやっぱり家で遊ぶと言いだして、命拾いした。どっちみちビリーはミッキーが嫌いだった——小さい連中のなかにはたまにこういう異教徒がいた。フランキーに怪しまれるのを恐れて、私は無理強いしなかった。空き地には誰もいなかった。私たちが中ほどまで進むと、内臓を抜かれた冷蔵庫の陰からケヴィンが立ち上がった。フランキーがあわてて回れ右をして逃げようとすると、そこにはトムがいて、彼の細い腕をねじりあげ、地面に押しつけた。

「整列タイム！」ケヴィンが叫んだ。「最っ高だぜ《フリーキング・A》！」じたばた暴れるフランキーが壁の前まで連行されるのを見ながら、彼は言った。フランキーは地べたに転がされ、靴を脱がされた。錆びた空き缶や炭殻や刺のある植物だらけの空き地を逃げられなくするためだった。泥団子はすでに固めて山盛りに準備してあり、他の仲間三人はおびえて縮こまる的めがけてさっそく容赦なく投げつけはじめた。外れ弾は倉庫の壁にびしゃっと赤く飛び散った。この日始まった「整列」遊びは、以後この界隈でどんどんエスカレートし、数か月後には親たちがお国のためにせっせと平たくつぶした空き缶を投げつけるという危険なものにまで発展することになる。マーフィー兄弟がふと足を止め、私を見おろした。

「おいビリーはどうした、このカマ野郎」トムが言った。

「来なかったんだ。ミッキーが嫌いなんだよあいつ」泥団子が命中するたびにフランキーがあげる悲鳴にすくみ上がりながら、私は言った。

「じゃあお前が代わりをやれ」とトムが言った。「的一つじゃ足んねえからな」ケヴィンが後ろから手をのばして私の眼鏡を取り、私はたちまち薄ぼんやりとした異世界に突き落とされた。その世界には恐怖しかなかった。眼鏡を取られた私は口がきけなくなり、無言のまま縫いぐるみのようにあっちこっちに小突きまわされた。

「あそこに輪っかがあるの、見えるか?」どちらかが言った。「あれを拾って壁のところまでもって行って輪の中に立ちな、この四つ目の化け物《フリーク》」目をうんと細めると、焚き火のそばに白っぽい色の輪があるのがかろうじてわかった。かがんで右手で輪をつかみ、次の瞬間、引き裂くような悲鳴とともに地面にくずれ落ちた。さすがのマーフィー兄弟もひるんだにちがいないくらい凄まじい声だった。鉄の輪は焚き火で白くなるまで焼かれていたのだ。手の皮膚が一瞬鉄にくっつき、そのあとは焼印となって今も残っている。みんなは嘲《あざけ》るような声をあげて走り去り、ダメ押しのようにさらに何発かフランキーに投げつけた。ケヴィンが最後に火に投げ入れていった私の眼鏡は、翌日父によって発見された。

私が膝をついて地面にうずくまり、痛みと哀しみにえずいているころ、連合国がアフリカを陥落させ、アメリカ軍はソロモン諸島を攻め上がっていた。いつの間にか風向きは変わっていた。私は家に帰ってやけどの手当てを受け——第三度熱傷！——何年かぶりに夢も見ずに、赤ん坊のようにぐっすり眠った。

弟

ステイシー・レヴィーン

小さい双子の弟を隠すために、彼女はいつもこうやって砂の上に横たわっていた。

彼女は小さい双子の弟が嫌だった。弟は彼女の腰から生えていて、だから砂の上にあおむけに横たわれば弟を穴に押しこむことができた。彼女は穴に弟を押しこんだまま、食べ、話し、それでうまくいっていた。

小さい弟はひどく柔らかく、赤い皺くちゃの顔を苦しくゆがめていつも泣いていた。小さい弟の泣き声には声がなかった。弟には腹もなかった、なぜなら腹はそのまま彼女の腰の後ろだったから、そして口は小さくて、泣いているせいでいつも開いていた。目は開いたことがなかった、口をいっぱいに小さく開いていつも泣いていたから、だから小さい弟は目も見えず口もきけなかった。弟はひどく赤く、小さかった。

たまに彼女が体を起こして、その拍子に弟を穴から引き抜くと、冷たくしなびた弟がびたんと彼女の体に打ちつけられた。それが彼女はとても嫌だった。カミソリで殺してしまうこともできたが、そうはしなかった。冷たい夜には、弟の肌が湿った砂にしめつけられるのを彼女は感じた。彼女は弟が嫌だった、砂から出てきた弟は皺くちゃで弱々しく泣いていて、とても小さかった。

小さい弟には歯がなかった。何年も食べ物を与えないようにしていたのに死ななかった。弟は死ななかった、いつも彼女から少しずつ栄養を取って生きていた、でもそれだけでは足りなかったから、力なく垂れて体を打ちつけることしかできなかった。みんなのように動くときも弟は目を開かなかった。もちろん元気もなかった。

何かを食べても、食べたものは彼女の中にとどまらなかった。それは小さい弟に吸い取られてしまうからで、だから彼女の腕や胸にはすこしも肉がつかなかった。

二人の人生でたった一度だけ、彼女が弟の小さい濡れた口から砂を指先でぬぐい、米粒を押しこんでやったことがあった。彼女は二度としなかった。弟が唾といっしょに米を飲みこむさまがとても嫌だった。食べ物を与えられたこと、そしてまだ生きていることとの興奮に弟が腰の上で跳ねまわるのが嫌だった。彼女は小さい弟が動くのが嫌だった。そんなときは手を使って弟を押さえつけなければならなかった、弟には自分でじっと動かずにいることなどもちろんできなかったから。

その気になれば彼女はいつだって弟をペットのように優しくなでることもできた。体をねじって弟に唇でキスをすることもできた。だが彼女はけっしてそれをしなかった。

彼女は弟を穴の中に押しこんだ。弟は見えなくなった。

最終果実

レイ・ヴクサヴィッチ

アリゾナ州エスコティーリャの住民が、餌《えさ》やりの時間に広場に集まってみると、怪物は一夜のうちに実をつけていた。

サム・ブリッグズはビール瓶の首を握りしめて〈牛 血 亭《オックスブラッド》〉からよろめき出ると、店の壁に寄りかかった。形の崩れたカウボーイハットの鍔《つば》を押し上げて、まるで長い眠りからたったいま目覚め、八月の灼熱の朝にエスコティーリャなんてところにいる自分に心底驚いたとでもいうように、目をしばたたいてあたりを見まわした。

もう長いこと、サム・ブリッグズはエスコティーリャでは宙ぶらりんな厄介者だった。町の酔いどれの仲間入りをするには少々若すぎた。若気の至りで馬鹿をやるには年を食いすぎていた。父親は薬局の店主だったが、サムが同じ道を進まないであろうことは誰の目にも明らかだった。〈牛血亭〉に入りびたってはビールをあおり、酒場の女主人であり、いまだにそこのバーガールも張っているライラ・ムーアの尻を触る毎日だった。一つだけわかっているのは、この男はろくでなしの穀《ごく》つぶしであるのに加えて、どうやら胸の奥になんらかの罪悪感を抱えこんでいるらしいということだった。その心の傷を覆い隠そうとして、浴びるようにビールを飲み、やたらと大声で笑うのだ。もし問う者があれば、彼はこう答えたかもしれない――何かを忘れてるような気がするんだ、口じゃうまく言えないんだが、もうこの辺まで出かかっている気がするんだよ、と。

その日の彼は、朝からおかしな考えにとりつかれていた。自分が忘れてしまっている何か、自分のその後の人生をなんらかの形で決定づけてしまったその何かは、広場の怪物とその新たな果実に関係があるんじゃあるまいか。

土埃《つちぼこり》舞う町の広場にうずくまっている〝彼女〟は、スモウ・レスラーを上から押しつぶして、頭から南国の巨木を一本生やしたような姿をしていた。仮に二人の大男が彼女に近づけたとして、そのうえ彼女のごつい肩によじ登ることができたとして、その男どもがいっぱいに腕を伸ばしてもまだ抱えきれないくらい、彼女のごつごつとしたクリーム色の幹は太かった。皿ほどもある目玉は閉じていたが、長い睫毛が細かくふるえていた。大きく裂けた口は薄く開き、その奥で白く尖った牙が朝の陽を受けてきらめいていた。扁平なピンク色の足は、四人家族がゆったり食事できるぐらい広かった。黒と灰色のごわごわの毛が、枯れた蔓草《つるくさ》のごとく背中に垂れ下がっていた。

マイク・ミッチェルがバンドの演奏台の手すりに寄りかかって、片手にトランペットをぶら下げているのがサムのところから見えた。マイクは目を細めて顔を上げ、怪物の黄色く細長く先の尖った房状の実や、その上に覆いかぶさる丸い葉と薄桃と白の花を眺めていた。そうしながら鼻の下の髭を指でなぞっていた。髭があるほうが男ぶりが上がると思いこんでいるのだ。だがサムに言わせれば、あの髭は奴を信用のならない、薄っぺらな男に見せるだけだった。だがまあいいさ。昔の悪ガキ仲間が立派な人物だと思われでもしたら、それこそ世も末だ。マイクはバンドマスターになったのだから、仲間うちでは一番の出世頭だったが、今日はいったい何を演《や》るつもりだろう？　マイクの奴、今日は何からひらめきを得るつもりだろう？

道の向こうから、クレイグ・タフトと親父さんのウォルターが、長い棒の両端をそれぞれ担《かつ》いで、こっちに向かってよたよたやって来るのが見えた。棒には大きな雌豚が脚をしばられて吊るされている。親子は怪物の手前三メートルのところで止まると、豚を地面に下ろした。親父さんは尻ポケットから赤いチェックの大判ハンカチを出して顔をぬぐい、バットの理髪店の前にたむろしている連中のところに話をしにいった。

クレイグは膝をつき、豚の腹と張った乳をなでてやっていた。クレイグは自分のところの豚に一頭ずつ名前をつけているぐらいだから、きっと豚を死なすのがつらいのだろう。だが怪物に餌をやらないわけにはいかないし、今日はあいつのところの番なのだ。ずっと昔、今みたいに決まった時間に餌をやるようになる以前は、彼女は自分の足で歩きまわり、ラムゼイさんとこのガチョウ全部とロバを一頭、それにボシュキン家の小さいビリーを平らげてしまった。広場にじっと動かずにいてくれるだけ、まだいいほうだった。

サムは〈牛血亭〉の壁から離れ、クレイグと、鼻を鳴らしている彼の豚のところまで歩いていった。クレイグは大柄な男で、腕も脚も太くたくましかった。小麦色の髪の後ろが逆立ち、顔つきは子供っぽく、どこか優しげだった。サムが肩に手を置くと、クレイグが顔を上げた。目の縁に涙が宝石のように光っていた。素早く顔をそむけると、また豚に目をやった。

「よしよしいい子だ、ビッグ・ベティ」とクレイグは話しかけた。「大丈夫だ、なんにも心配いらないからな」

サムはクレイグの隣にしゃがみこんだ。「ちょっと頼まれてくれないか」

「後にしてくれよ、サミー」

「今じゃなきゃ駄目なんだ」とサムは言った。「大したことじゃない」

クレイグは、ビッグ・ベティの茶色いぶちのあるピンク色の腹から目を上げなかった。

サムが彼の肩をぎゅっとつかんだ。「お前、俺をどのくらいの高さまで投げ飛ばせる?」

「お前を?」つい好奇心に負けて、クレイグはサムのほうに顔を向けた。

「そうだ。たとえばだよ、お前が地面に膝をついて、両手をこう、あぶみみたいに組んで、そこに俺が向こうから走ってきて、でもってお前が俺をぶん投げたとしたら? そしたら俺をどれくらい高く飛ばせると思う?」

「お前みたいなやせっぽち野郎だったら、月までだって飛ばしてやるさ」

「そこまで高くなくていい」そう言ってサムは怪物の幹のほうに顎をしゃくった。「あのバナナんとこまで飛ばしてくれりゃ、それでいい」

「頭、イカれてんのか?」

「知ってて訊《き》くか?」サムはにやりと笑ってクレイグの肩をパンチした。「じゃあ、やってくれるな？　お前さんはまずそこのベーコンを投げる。それから間髪いれず膝をついたところに、俺が走りこむ」

「彼女をそんなふうに呼ぶな」

「へ？」

「ビッグ・ベティだ。〝ベーコン〟じゃない」

「あ、ああ。そうだよな。とにかく、やってくれるか？」

「あいつが腹一杯になって眠っちまうまで待って、背中から登ったらどうなんだ。目を覚ます前に、あいつの手が届かないくらい高く登っちまえばいい」

「それじゃ面白くねえだろうが。なあ、頼む。俺のために一肌脱いでくれよ」

クレイグが広場に集まっているエスコティーリャの民衆を見わたした。「みんなが何て言うかな」

サムは彼の腕をパンチした。「あいつらはどうせ何をやったって何か言うんだ。だが、あそこのマイクにはきっと大受けだぜ。喜びすぎてラッパを飲みこんじまうこと請け合いだ。それにライラもだ」リムは好色な目つきで眉をひこつかせてみせた。「ライラの奴、きっとしびれるだろうな。それにお前と俺だって。忘れたのかよ、俺たち〈悪ガキ五人組〉じゃないか」

「四人だろ」とクレイグが言った。「〈悪ガキ四人組〉だ」

「そう言ったただろ」

「いや、お前いま……」

サムがそれをさえぎって言った。「とにかく、やってくれるな?」クレイグの父親が理髪店の前の仲間たちのところを離れて、豚を投げるのを手伝うために、こっちに向かってゆっくり歩きだすのが見えた。「クレイグ、早く。やるって言ってくれ」

「どうなったって知らないぜ」クレイグは言って、肩をすくめた。

サムはもう一度クレイグの肩をぽんと叩き、立ちあがった。「そうこなくっちゃ」そして助走の距離を取るために、後ろに下がった。

クレイグの父親が棒の片端を持ち、クレイグがもう一方の端を持った。ビッグ・ベティが暴れて金切り声を上げた。演奏台ではマイクが、寄せ集めの楽隊――スパニッシュギター、バイオリン、フレンチホルンそれにテューバ――に向かって両手を上げた。マイクがトランペットを口にあてがうと、まるで驚いた鹿のように、楽隊はいきなり演奏を始めた。

マイクがトランペットを下ろして歌いだした。「〝そうさ、彼女はバナナなし。今日も彼女はバナナなし！〟」

怪物が吼《ほ》えた。

サムは両手を膝に置き、猛ダッシュに備えて身構えた。クレイグと父親が勢いをつけてビッグ・ベティを揺すった——一度、二度、三度。音楽がサムの体を電気のように震わせた。クレイグと父親が、怪物の大きく開いた挽き肉器のような口めがけて豚を放りあげた。

豚が甲高い悲鳴を上げた。

サムは帽子を地面に投げ捨て、走りだした。

クレイグが片膝をつき、両手をあぶみの形に組んだ。

「〝今日も彼女はバナナなし！〟」マイクが歌った。

サムの足がクレイグの手を踏んだ瞬間、クレイグは力いっぱい投げあげた。サムは飛んだ。怪物が歯を閉じ、骨の砕ける音と黒い血しぶきの奔流に呑まれるように、ビッグ・ベティの悲鳴はふっつり途絶えた。

サムは怪物のおぞましい顔の前をかすめて飛び、ベチャッと音を立てて木の幹に取りついた。体がずるずる下がりかけたので、でこぼこの樹皮に爪を立ててしがみついた。

豚を飲み下したのかそれとも吐き出したのか、怪物はふたたび咆哮し、熱い砂嵐が山脈を駆け上がってエスコティーリャの町に吹き荒れでもしたように、幹が左右に大きく揺れた。サムは大急ぎで幹をよじ登り、房状の実のところまで近づいた。彼女の腕は、ぎりぎりここまでは届かないはずだ。

いや、ぎりぎり届く、と言うべきか。何かがジーンズの尻のあたりをかすめ、ブーツを引っかく気配がした。下を見ると、不思議にそこだけ白く華奢《きゃしゃ》な彼女の両手が、細く白い指でもって彼の足をつかもうとしていた。彼はさらに登ってそれを逃れた。

彼女は節くれだった蔓のような腕をいっぱいに伸ばしたが、彼には届かなかった。ぶるっと一つ身震いすると、彼女はふいに静かになり、腕を下ろした。サムは彼女のバナナのそばまでにじっていった。

房は二つあった。右に一つ、左に一つ。まるで耳だ、とサムは思った。実の周りに黒い小バエがいっぱいたかっていた。片手を伸ばしてバナナを一本つかむと、怪物はびくんとふるえた。引っぱったが、バナナはなかなかちぎれなかった。サムは下の広場にいる町の住民たちを見まわした。みんな無言でこちらを見あげている。どうせ俺がしくじって落っこちるのを待っているんだろう、と彼は思った。頭のイカれたサム・ブリッグズ。

「いいさ」と彼は言った。「何とでも言え」彼は力をこめてバナナを一度、二度と引っぱり、ついに引きちぎった。怪物が呻いた。バナナの付け根に真紅の血がにじみ、しずくがゆっくりしたたって、下の埃っぽい地面に落ちた。

サムは房の下をかいくぐって進み、手離しで体を固定できる場所に落ちつくと、獲物をあらためにかかった。まだ少し血のにじむ軸を一方にひねってみた。皮の上のほうが裂けたので、そこを引っぱってむいた。果物というより、鶏肉の皮をむいているみたいだった。中からあらわれた果肉は灰色で、薄紫色の血管が透けて見えていた。

サムは皮を捨て、まだ温かい彼女の果肉を口に運んだ。目を閉じてかぶりつくと、熱い血潮が口の中いっぱいにほとばしった。頭の奥で弾かれたように記憶が立ち上がり、彼の顔を幹に叩きつけた。彼は自分の子供時代めがけて、夏でも冷たいマッド・ドッグ・クリークの鉄砲水めがけて、まっさかさまに落ちていった。子供のサミーはマンザニータの赤い枝やオークと松林の倒木とともに流されて、〈魔女〉の小屋の前に流れ着いた。小屋は、何もない場所に忽然《こつぜん》とあらわれたのだ。きっと夜のあいだに、太いニワトリの脚でここまで歩いてきたのにちがいない。〈魔女〉の小屋は神出鬼没なのだ。

「ほんとに、ニワトリの脚がついてるんだよ！　ふだんは見えないだけなんだ」

「ふんだ、ウソつき」ライラが言った。〈魔女〉の娘が明るい茶色の目をちらっと上げると、サミーとマイクとクレイグの三人がニヤニヤ笑って互いを肘でつつきあった。

ジュリー！

本当にきれいな子だった。つややかな黒いワンピース、カラスの濡れ羽よりもまだ黒い長い髪、抜けるように白い肌、大人の女をそのまま小さくしたような、悪い笑みを浮かべた陶器の人形のような。ジュリーは口に手をやり、ぬぐうように顔から笑みを消すと、ライラをまっすぐ見た。そして小さな白い両手を鉤爪《かぎづめ》みたいな形にして、指をうごめかせながら言った。「ビビディ・バビディ・ブー！」ライラの顔から血の気が引いて一歩あとずさり、もう一歩下がった拍子につまずいて、尻もちをついた。みんな腹を抱えて大笑いした。

ジュリー、今日は何をする？　みんなをあっと言わせてやろうぜ。さあ何をやる？

悪ガキ五人組。

木をトイレットペーパーでぐるぐる巻きにするのは誰だ？　俺たちさ！

家の窓に石鹸を塗りたくるのは誰だ？　俺たちさ！

町じゅうをひっかきまわすのは誰だ？

誰だ？　誰だ？　薬局のせがれ。豚農場の息子。いつもラッパを吹き鳴らしているマイク。それからライラ、まだ十にもならないのにもうおっぱいのでかいライラ。なんてこった。それに忘れちゃならない〈魔女の娘〉。めったなことじゃお目にかかれない。ババ・ヤガの娘、ジュリー・ヤガ。

あの蒸し暑い夏の午後、彼らは座って、無言でジュリーの頭を見つめていた。小屋は不気味に静まりかえっていた。ジュリーはうなだれて、膝の上で組んだ自分の手を見つめていた。

「ババが行っちゃった」ジュリーは言った。

「行っちゃった？」

「やらなきゃいけない大事な仕事があるって言って」ジュリーが顔を上げると、涙の跡があった。「お前は大丈夫だって言われた。縫い物を続けなさいって」

「でさ、あんたの頭のそれ、何なのよ？」ライラが言った。

「今日もまた縫い目を一つ落としちゃった」

「ねえってば、何なの?」ライラがもう一度言った。手を伸ばしかけたが、触れはしなかった。
男の子たちも知りたくてたまらなかったが、訊《き》く勇気はなかった。
ジュリーは手の甲で鼻をぬぐうと、ちょっと背筋を伸ばした。「わからない。朝、目
が覚めたらこうなってた」
サミーは顔を近づけて、ジュリーの黒髪の中から突き出ている小さな木を見た。てっ
ぺんに小さな緑色の葉っぱが茂り、細かな白い花がいくつか咲いていた。
「取んなさいよ、そんなもの!」ライラが言った。「すごくヘンよ。緑色のトイレのブ
ラシかなんかみたい」
「取れないの」ジュリーが悲しげに言った。「だって、生えてるんだもん」
「げっ!」ライラが言った。「ウソでしょ」
「俺、けっこういかしてると思うけどな」サムはジュリーの横に座り、肩に手をまわし
て彼女をハグした。「町の連中、きっと腰を抜かすぜ」
これにはみんなが笑いだした。ライラまでがハグの輪に加わった。
「みんなには言わないで」ジュリーが言った。「ババがいなくなってしまったことは誰

にも知られてはならないの。もしばれたら、あたしはどこかに連れてかれてしまう。だからみんな、ババがいなくなったってあたしが言ったことは忘れるの」

「わかった、忘れよう」サムが言った。

何年かが過ぎ、木はしだいに太く、高くなっていった。ジュリーの首回りは頭と同じ太さになった。歩くときは、何かにつかまらないとひっくり返りそうだった。誰かの手が必要なときもあった。マイクはラッパで忙しく、クレイグは豚で忙しく、ライラは自分のおっぱいで忙しかった。とうとうジュリーを覚えているのはサムだけになった。

「あんたもあたしを見捨てるんでしょ、サミー」

サムは座って川に小石を投げていた。「見捨てないよ」サムはライラのことを考えていた。前の晩、町のホールのダンスパーティでライラに触られて、頭がくらくらしたときのことを。彼はジュリーのひしゃげた顔から目をそむけた。平たくつぶれた目。大きな横長の口は木の重みに押しつぶされて、いつも不気味な笑みを浮かべているようだ。木が大きくなるにつれ、彼女の体は横に広がった。脚は太く短くなった。体から生の鶏肉みたいな変な臭いがするようになった。

「みんなあたしを見捨てるんだ」とジュリーは言った。「最初はババ。つぎはあの子たち。今度はあんたまで」

「きみのこと大好きだよ、ジュリー」サムは言ったが、心はこもっていなかった。〝大好き《ラブ》〟という言葉の意味を、胸をちくちく刺す後ろめたさに心の中ですりかえてでなければ、そう言うことができなかった。

「昔は好きだった、でしょ」とジュリーは言った。「ああ、こんなに苦しみに耐えて、そのうえ友だちにまで捨てられるだなんて」

「そんなたわごと、もううんざりだよ」彼は立ちあがり、ズボンの尻をはたいた。ここまで食べ物を運んできてあげたが、彼女がそれをずたずたに引き裂くところまでは見たくなかった。「そろそろ帰るよ」

「ほらやっぱり。あたしのそばにいるのが嫌なのね」

ジュリーの頭の木を見あげているうちに、サムは冷たい怒りにはらわたを締めつけられるのを感じた。「こっちだってずいぶん無理して木としゃべってやってんだ」

ジュリーがはっと身を引き、あおむけに倒れそうになった。彼女の打ちのめされた顔に、彼は奇妙に胸のすく思いがした。

「木だったら木らしくさ」と彼は言った。「実でもつけてみせろよ」

ジュリーは両手で顔をおおって肩をふるわせ、木の葉がさわさわ鳴った。

「バナナなんてどうだよ?」サムの中で怒りが膨れあがり、ジュリーの肩を手で押した。

彼女はどすんと尻もちをつき、横ざまに倒れた。倒れたまま彼を見あげた。「サミー、あんたは友だちだと思っていたのに」そして手で顔をおおって泣きだした。

彼女が傷ついていい気味だった。こいつが、この化け物が、大事な友だちを呑みこみ、仲間をばらばらにしたのだ。五人いっしょの彼らには特別な何かがあった。だがばらばらになってしまうと、魔法は失われ、ただ並べられ、分類され、名前をつけられて忘れ去られるだけの存在になった。

サムはジュリーの前にしゃがみ、彼女の顔から手を引きはがした。「俺の友だちはジュリーだ。お前なんか森から出てきてジュリーをさらっていった、ただの化け物じゃないか」

ジュリー。

なぜ女の子たちは森でいなくなる?

「サミー!」

彼女はうつぶせになり、膝を折り曲げて体の下にたくしこんだ。尻が宙に浮き、顔は木の重みで、濡れ落ち葉と松葉まじりの泥にめりこんだ。起きあがろうともがき、助けてと叫ぶ声がくぐもって聞こえた。

サムはあとずさりした。肉と枝と葉の小山の下から、ジュリーのすすり泣く声が聞こえた。俺はいったい何をした？　サムはもう一歩あとずさった。彼女のところに戻らなきゃ。今のは全部うそだと言うんだ。やり直すんだ。

サムは背を向け、走りだした。

ジュリーが吼えた。

枯れ枝に足をとられ、サムはつんのめった。手が宙をつかんだと思った瞬間、何かが指の中でマッド・ドッグ・クリークの泥みたいにぐにゅっと潰れた。ジュリーの大きな緑色の葉が空に向かって勢いよくはね上がるのと反対に、サムは広場の硬い地面めがけてまっさかさまに落ちていった。住民たちがあっと息を呑むのが聞こえた。

彼女の白い手が素早く伸びてきて、彼の足首をつかんだ。ジュリーは彼を片足で逆さにぶら下げたまま、恐ろしげな顔の前まで下ろした。もう一方の腕が伸びてきてサムのもう一方の足をつかむと、彼の両脚をハサミのように開いたり閉じたり、開いたり閉じたりした。唇も歯もビッグ・ベティの血にまみれていた。彼女は片目をつぶって世にも恐ろしいウィンクをし、また目を開けた。彼女の体のどこか奥のほうから、ゴロゴロという音がわきあがった。

「ジュリー」サムは言って、体の力をだらんと抜いた。きっと俺も豚みたいに、あのばかでかい口で嚙み砕かれるんだろう。そうされても仕方のないことを、俺はしたんだ。

ジュリーが彼の片足を放し、脇の下をつかんで、彼をさかさにひっくり返した。仔猫を抱きあげるように、やすやすと。ジュリーは彼をちょっと揺すってから、顔の前に近づけた。そして懸命に顔をゆがめ、そのせいで頭上の木をさらに伸びあがらせながら、紫色の唇をすぼめて突き出した。彼女のキスは、サムの全身をすっぽりおおう大きさだった。そして彼を地面に下ろし、手を放した。

サムは一歩後ろに下がった。彼女がぶるりと大きく身ぶるいし、木のてっぺんから足先まで震えだした。とつぜん、大きな顔がエレベーターのように幹を上へ上へと昇っていった。てっぺんまで行き着くと、葉は茅葺《かやぶ》きの屋根になり、両目は光を失って窓になり、口が扉になった。幹は二つに割れて太いニワトリの脚に変わり、二つの足が黄色くなって先に鉤爪が生えた。

土埃を舞いあげ、民衆を蹴散らしながら、魔女の小屋は町から走り去った。そのまぎわ、サムは窓の向こうに彼女の姿を見た気がした――彼女のあの閃《ひらめ》くような白い笑みと、黒い髪の影を。きっと彼女は森で待っているだろう。

トンネル

ベン・ルーリー

少年が二人、学校からいっしょに歩いて帰るとちゅう、片方の子が森の奥に排水管が口を開けているのを見つける。

見ろよ、と少年は言う。あんなの前からあそこにあったっけ。ちょっと中に入って、どこに通じてるのか見てみようぜ。

だがもう片方の少年は排水管をひとめ見て、あわててかぶりを振る。

やだよ、と彼は言う。僕は行かないよ。絶対に。

なんで？　と最初の少年が言う。怖いのかよ？

とにかくやなんだよ、と友人は言う。そして一歩あとずさる。

いいだろ、と最初の少年が言う。ただの排水管じゃないか。

だが友人の決意は固い。

またな、と彼は言う。

そして回れ右をすると、走っていってしまう。

最初の少年は去っていく友人の後ろ姿を見送ると、ふたたび排水管のほうに目を向ける。ぽっかりと開いた口は真っ暗で、そしてとても、とても大きい。

少年はそちらに向かって歩きながら、あたりを見まわす。

彼のほかには誰もいない。

入口に着くと、少年は中をのぞきこむが、真っ暗で何も見えない。植物の蔓《つる》がからみあって縁から垂れ下がり、落ち葉の積もった地面まで届いている。

少年は身を乗り出し、奥に向かって叫んでみる。そして反響がかえってくるのを待つ。だが、待てども待てども何の音もかえってこない。ただしんと静まり返っている。

少年は縁に足をかけて排水管の中に上がり、膝をついて暗闇の奥を見つめる。

よし、と彼は心の中で言う。行ってみよう。このままずっと這っていって、最後まで行くんだ。

最初のうち、前進はひどくゆっくりとしている。少年は慎重に進んでいく。排水管の床には石がごろごろしていて、手のひらや膝小僧に食いこむからだ。

だがしばらくすると瓦礫《がれき》はだんだん少なくなってきて、ずっと楽に這っていけるようになる。

奥に進んでいくにつれ、背後の日の光はしだいに小さくなり、点になり、ついには消えてしまう。

真の暗闇に包まれて、少年は目が慣れてくるのを待つ。だがそうはならない。いくら待っても、何の変化も起こらない。

とうとう彼はあきらめ、何も見えないまま先に進んでいく。両手をそろそろと前に伸ばし、排水管の中を手さぐりで這っていく。

これはただの排水管だ、彼は何度も心の中で自分に言い聞かせる。何でもない、ただの排水管の中にいるだけだ。だから怖いことなんか何もない。いつかはきっと終わりに行き着くはずだ。

ところが、あるとき少年は気づく――このトンネルには終わりがない。あったとしても、自分はそこに向かっていない。かわりにトンネルはしだいに狭まってくる。少しずつ、じわじわと。先に行くにしたがって、じょじょに、じょじょに細くなり、窮屈になってくる。天井が少年の頭を押さえつけ、左右の壁が脇を圧迫する。肋骨をきつく締めつけられて、肺から出る息がヒュウヒュウ鳴る。それでも彼は何とか先に行こう、力ずくで前に進んでいこう、無理やり這っていこうともがく。

やがて彼は唐突に気づく――引き返そうとしても、もう向きを変えられなくなっていることに。

いまや少年は地面にべったりと這いつくばり、背中を天井に押さえつけられている。泥まみれの内壁に押しつけられて、両腕は気をつけの形からぴくりとも動かせない。あえぎながら、彼は悪臭を放つどろどろの中を少しずつにじっていく。息が苦しい。しだいにめまいがしてくる。

いまや彼ははっきりと感じる。トンネル全体が掌《てのひら》のように、彼を握りしめている。四方八方から彼を包みこみ、しっかりつかんでいる。

少年は悲鳴をあげ、もがく。だがだめだ、きっちりはまりこんでしまって体が動かない。何をやっても無駄だ。まったく身動きがとれない。

暗闇の中に横たわりながら、ある一つの考えが彼の頭に芽生える。

その考えはみるみる彼の頭を満たす。

僕は死ぬんだ。


そのときだ——なぜ今まで気がつかなかったんだろう——少年はドアの存在に気づく。すぐ目の前の壁に、小さなドアがついている。

彼は手を伸ばしてドアに触れ、表面をなでてみる。まちがいない、本物だ。これは夢じゃない。

彼はそろそろとノブを回す。


ぎいっと音を立ててドアが開くと、その向こうには静かな、居心地のよさそうな部屋がある。窓から月あかりが射しこんでいる。ベッドが一つあるのが見える。小さなベッドだ——そして中に誰かが寝ている。

その誰かがもそもそと身動きし、顔を上げる。

それは逃げていったあの友だちだ。


友だちがベッドの中でちぢこまり、後ろの壁に体を押しつけるのを見て、少年は排水管から部屋の中に降り立つ。

ゆっくり、一歩ずつ、落ち葉や石や油の筋を引きずりながら、少年は近づいていく。

ねじれた笑みがその顔に浮かぶ。

お願いだから声を出さないで、と少年は言う。

だがベッドの中の友だちは言うことをきかない。彼の口が大きく開き、悲鳴がもれる。

少年はねじ曲がった鉤爪《かぎづめ》を彼のほうに伸ばす。

二人はいっしょに終わりまで行く。

追跡

ジョイス・キャロル・オーツ

〈見えない敵〉が原っぱを逃げていく。

グレッチェンはわざとゆっくり歩きながら、先を行く〈見えない敵〉をまばたき一つせずに鋭く見すえる。〈敵〉は仔馬のように細長い脚をすばしこく動かして行き交う車の前を大胆にかすめ、真新しいコンクリートの歩道にひょいと上がると、空き地を突っ切って走っていく。走りながら、彼はグレッチェンのほうをちらりと振り返る。

クソが、とグレッチェンは頭の中で言う。

土曜の午後。十一月。冷たくざらついた天気。今日も彼女は追跡に出た。ゲームの時間はたっぷりある。それこそ何時間も。服も狩り用のを着てきた。太くたくましい脚には着古したぴちぴちのジーンズ、ごつくて大きい足に無造作にはいた白い革のブーツ。ブーツはついこのあいだ母親が四十ドルはたいて買ってくれたばかりだったが、もう傷だらけで泥にまみれている。かまうもんか、どうせもうきれいになんかならない。深緑色のコーデュロイのジャケットは肘と背中の部分がすり切れ、前で上げ下げするジッパーの先には革のフリンジがついている。風の強い日だが、頭にはなにもかぶっていない。

時間はたっぷりある。

街から流れてくる車やトラック、それに自動車を積んだ大型の長距離トラックが幹線道路を行き交っている。グレッチェンは車の流れの切れ目を待って渡りだす。そこにまた車が一台近づいてくる。**スピード落とせバカ、**グレッチェンは念じる。すると本当に魔法のように、車がスピードを落とす。

〈見えない敵〉の足跡を追う。このあたりはまだ歩道ができていないから、いっそ空き地を突っ切って行こうか。巨大な看板が、来年ここにペース&フィッシュバック社の十五階建てオフィスビルが建つ予定であることを宣言している。空き地はそこらじゅうが掘りかえされ、ぬかるんでいる。測量線の張られたあたりをかすめていく〈敵〉の足跡を目でたどっていくと……いた。こっちを見てニタニタ笑いながら、さもあわてたようなふりをしてみせる。

待ってな、ちゃんと捕まえてやるから、グレッチェンは心の中でゆっくりそう言う。

〈敵〉が身軽で透明なので、グレッチェンはそうなる努力をいっさい放棄している。学校で教室から教室へ移動するときも、ことさらに重い足取りで悠然と歩く。不機嫌というのでもなく、ただゆっくりと歩く。それにこの体は、存在感がありすぎるくらいにある。まだ十三歳だが、体重は六十キロとすこし。だが背は百六十センチそこそこで、胴回りから肩にかけてずんぐりと厚みがあり、すねも太腿も筋肉質でたくましい。その気になればいい運動選手になれるだろうが、体育の時間にはいつも腕組みをして背を丸め、ただぼんやりと突っ立っている。バレーやバスケの試合には仕方なく出るが、面倒くさそうにどすどす走りまわり、ときどき他の女子にぶつかっては痛い思いをさせる。**どけよ**、心の中で毒づくが、そんなときでも顔はまったくの無表情だ。

　さあ、どこだ?……〈敵〉がガソリンスタンドの陰からこっちをのぞいている。脳のどこかがチカリと光る。**見つけた**。グレッチェンのなかに静かな興奮がわきあがる。〈敵〉がすばやく頭をひっこめる。グレッチェンはそちらを目指してのしのし歩きだす。地面はブルドーザーで掘りかえされ、泥と、アザミと、岩とガラスでできた瓦礫《がれき》がぐちゃぐちゃに混ざりあっている。ガソリンスタンドは新築だが、まだ開業していない。白いタイル貼りに白いコンクリート、白い「×」印が書かれたまっさらの一枚ガラス、車寄せは広々として、八基のポンプが晴れがましく立ち並んで稼働の時を待っている。だが半年前にグレッチェンの家がここに越してきてからずっと、スタンドはオープンしないままだ。きっと何か問題が起こったのだ。グレッチェンはさっき〈敵〉がいたあたりに目を向ける。逃がすものか。

ガソリンスタンドの一方の壁が、タールのようなものでべったりと汚されている。悪夢じみた、ヘビのような、太くのたくる黒。黒タール。窓ガラスも何枚か割られている。グレッチェンは両手をポケットに突っこみ、だだっ広い車寄せに立つ。このあたりの道路は車の流れが遅い。幹線道路の真ん中にバリケードが置かれていて、車の流れは細くてでこぼこした未舗装の路肩に誘導され、弧を描いてまた幹線道路に合流する。みなスピードを落として慎重に進んでいく。車体の底が路面をこする。迂回の標識は巨大な三角形で、派手な黄色の中に黒いジグザグが描いてある。〈回り道　速度落とせ〉。通りの中央二車線には、今日は動いていないブルドーザーが二台、それに雨水管として使われる予定の巨大なコンクリートのパイプが置いてある。全部で八本。ほんとうに、ものすごく巨大だ。それを眺めるグレッチェンの目が、うっとりと細められる。

そんなことより〈敵〉だ。

いた、あそこ――ショッピングプラザのほうに向かっている。**人ごみにまぎれようったって、そうはさせるもんか、**グレッチェンは決意する。あとを追う。さっきよりも完成された一画に近づく。といっても歩道はまだなく、ビルもぴかぴかの新築で、いくつかはまだテナントが入っておらず、がらんどうだ。錆色《さびいろ》の水で汚れたコンクリートの側溝を飛び越え、連邦貯蓄銀行の車専用のゆるいスロープを上がっていく。ドライブスルー窓口の緑色のガラスの奥は暗い。銀行全体が今日は閉まっていて、暗い。ここが父親と母親がいま使っている銀行だろうか？　そうらしいとわかるのに、しばらくかかる。

ショッピングプラザの入口に通じる一車線の道路を、車の列が途切れることなく流れていく。〈バッキンガム・モール　全101店舗〉。ジーンズとジャケットを着た、自分と同い年ぐらいの、男か女かわからない子が数人、彼女の少し先をぬかるみに足をとられながら歩いていく。もしかしたら同じクラスの子たちかもしれない。だがまたしても〈見えない敵〉が彼女の注意をひく。すでにモールまでたどり着き、「カニンガム・ドラッグストア」の入口あたりをこれ見よがしにうろついている。

あとでうんと後悔するがいい、グレッチェンは頭の中でそう言って薄く笑う。

車の列がゆっくり彼女を追い越していく。モールの駐車場はとてつもなく広い、何エーカーもある。土曜の午後ともなれば、ここは車の都市だ。母親のによく似た車を見つけるが、ちがうかもしれない。ここでは車は〈K区　15列〉〈K区　16列〉などと書かれたレーンに沿って斜めに停めてある。細長いポールの先に、あぶくのようなガラスの球がついたものが区画のサインだ。夜になるとそれが光る。

年上の男の子が十人ほど、ドラッグストアの入口付近にたむろしている。一人は郵便ポストに馬乗りになって、前後に揺さぶっている。グレッチェンは彼らのあいだをすり抜けて――連中はわざと人通りのじゃまをして面白がっているのだ――店内に入ると、〈見えない敵〉を探して商品棚の通路に素早く目を走らせる。

どこにいった？　隠れてるのか？

彼女はあわてず抜け目なく、ゆっくり店内を流す。化粧品コーナーのカウンターで、若い女の店員が客のおばさんにリキッドファンデをすすめている。客の手の甲に小さな楕円形にリキッドを置き、優しくすりこんでいる。「こちら〈ピーチ・プライド〉になります」店員が言う。輝くようなブロンドで、目元は「まあ！」と驚いたまま固まったような形に描かれている。グレッチェンには気づいていない。彼女は一つたったの一ドル五十九セントの、セール品の口紅のディスプレイにさりげなく手を伸ばす。

一本をポケットに入れる。すみやかに。スマートに。〈見えない敵〉がこちらに向かってチッチッと人さし指を振るのを無視して雑誌スタンドのところに行き、中は読まずに表紙だけざっと眺めてから、またべつのコーナーに移動する。通路に段ボール製の樽が置いてあり、中に小さなパッケージがたくさん入っている。超お買い得品。グレッチェンは樽の中のものが何か確かめもせず、パッケージの一つをポケットにすべりこませる。楽勝だ。

店の横にあるべつのドアから出る。口元が小さな笑みに引きつれる。

行く手を〈敵〉が小走りに行くのが見える。モールはいくつかの四角形に区切られていて、区画ごとに色分けされている。〈敵〉が青の通りを出てグリーンに入る。グレッチェンはあとを追う。彼は「フランクリン・ジョセフ」に入っていく。

グレッチェンは中に入り、香水めいた、むっと蒸れたような匂いをかぐが、カウンターにもラックに並んだ服にも興味を引かれなかったので、店の奥まで進んで化粧室に入る。中は誰もいない。ポケットから口紅を出し、キャップをはずして中を見る。むせるような甘ったるい匂いがする。色はうんと淡いピンク、〈スプリング・ブロッサム〉。グレッチェンは洗面台の前に立ち、鏡に口紅を塗る。最初はそっと、だんだん力まかせに。

口紅が割れて、抜け毛だらけの洗面台にかけらが落ちる。個室に入り、便器に口紅を捨てる。トイレットペーパーを盛大に引き出し、丸めてそれも便器に投げこむ。ドラッグストアのパッケージのことを思い出し、ポケットから出してみる。ただの歯磨きチューブだ。それもボール紙の外箱ごと便器に捨てる。そこで急にひらめいて、タオルを固定してある器具のところまで行き——一重《ひとえ》のクロスタオルがロール状に巻いてある——それを引っぱってはずみをつけると、両手で何度もえんえんたぐり続けて、ついに最後まですべて引き出す。それを両手ですくい上げ、さっきの個室に戻る。便器に押しこみ、水を流す。

流れないのでもう一度レバーを押す。こんどは少しだけ流れて、詰まる。

グレッチェンは化粧室を出て、ゆっくりとあわてずに店内を出口に向かう。〈敵〉は店の外で待っていて——ウィンドウごしに中をのぞいている——また人さし指を彼女に向かって振る。**あたしに向かって指を振るんじゃないよ**、彼女は固い笑みをかすかに浮かべて頭の中で言う。外に出て、彼のあとを少し離れてついていく。頭のまわりで音楽がやかましく鳴っている。ロックミュージック。それが色分けされたモールの正方形や長方形に有線で流され、十一月の風に乗っていたるところに運ばれていく。だがグレッチェンの耳にはほとんど入らない。

レコード店の前に男の子が数人いる。うちの一人がグレッチェンにわざとぶつかり、彼女がよろけてゴミ入れにぶつかるのを見てみんなが笑う。「気をつけな、ガキ！」ぶつかった奴が大声で言う。脚が痛む。グレッチェンは彼らのほうを見ないが、とっさに冷たい怒りに突き上げられて、顔をそむけたままゴミ入れを歩道に押し倒す。ゴミが散らばる。ゴミ入れはごろごろ転がり、女性の買い物客たちがあわててよけるのを見て、男の子たちがまた笑う。

グレッチェンは振り返らずに歩きつづける。

「サンプソン・ファニチャー」に入っていく。ここは入口が二つある。片方から入ってもう一方の口から出るのが彼女のいつもの儀式だ。ここでも家の居間にあるのとよく似たソファが見つかる——白と黒の毛皮の、本物のヤギ革のソファ。店内のいたるところにソファや椅子やテーブルやベッドがある。インテリアのごった煮だ。人々はそのあいだをそぞろ歩き、さまざまな部屋を模した小さなディスプレイを出たり入ったりしている。リビング、ダイニング、寝室、居間……あまりにたくさんのディスプレイを見すぎて目がちかちかしてくる。百軒の家の中をいちどにのぞいているみたいだ。彼女の歩みが遅くなり、ほとんど止まる。一段高くなったところに置いてあるリビングのディスプレイをじっと見る。だがすぐに自分がなぜここにいるのか、誰を追っているのかを思い出し、ふと目をやると〈敵〉がこちらに向かって手招きしているのが見える。

追いかけて、ふたたび外に出る。〈敵〉が「ブティック・ドディ」に入っていくと、グレッチェンは頭を下げ、額を押しあげるように眉の下から目だけを上げて、あとに続く。**うんと思い知らせてやる。**「ブティック・ドディ」の内装は黒とシルバーで統一されていて、メタリックのテープが何本も黒い天井から垂れ下がって揺れている。パンツスーツの売り子たちは暇そうに立ち、小声で笑いあったり、店内に大音量で響く音楽に合わせて首を振ったりしている。音楽は地元のラジオ局だ。グレッチェンは何ということもなく、服のかかっているラックのほうに寄っていく。サイズ14。「時刻は二時三十五分になりました」ラジオのアナウンサーが快活に言う。「ただいま気温は0度、今夜はところによって雨またはみぞれになるでしょう。お聴きの放送局はＷＣＫＫ、『ラジオ・ワンダフル』です……」グレッチェンはワンピースを何着か選び、店員が試着室に案内する。

「他になにかご入り用は?」店員が言う。さらさらのロングヘア、つんといかった肩、心のこもらない、にこやかな物言い。

「いえ」グレッチェンは小声で言う。

一人になり、ジャケットを脱ぐ。下は紺色のセーターだ。一つめのワンピースのファスナーを下ろすと、受け止める間もなくプラスチックのちゃちなハンガーからするりと滑って床に落ちる。彼女はそれを踏みつけ、白いウールに泥をなすりつける。知るもんか。落ちたやつをそのままにして二着めを手に取り、鏡に映った自分を見る。

髪はくしゃくしゃの癖っ毛で、かつらをぞんざいにのっけたみたいに見える。薄茶色の巻き毛はところかまわず盛大にあふれ、波うち、ところどころ縮れながらなだれ落ちている。奥目がちの目、太く黒い眉。大人の男のような、厳しい、強いまなざし。鼻筋が通った、形のいいノーブルな鼻をしている。鼻と口のあいだがあいていて、そのせいで前歯を隠そうと苦労して唇を閉じているみたいに見える。化粧っけはなく、色のまったくない白っぽくかさついた唇は、いつも固く結ばれている。顎の先はくりっと丸みをおびている。彫りの深い、憂いのある顔だちは、峻厳でシンメトリカルで、彫像のように無表情で感情がなく、閉じている。見る者をひきつける顔だった。だがどこかそっけない、ニュートラルで性別のない不活性な感じがあって、まるで本人は無関係にどこかべつの場所にいて、その顔に何の関心ももっていないかのようだった。

彼女はワンピースを体にあて、服の上から胸をなでおろして鏡を見る。しばらくして服をもとどおりに掛け、乱暴にファスナーを下ろすとファスナーは壊れる。あとの一着には触れもしない。ジャケットをはおりながら試着室を出る。

さっきの店の店員が店の入口あたりから彼女を見る――「お気に召しませんでした？」

「ええ」グレッチェンは言う。

彼女はさらに歩きまわり、このモールでいちばん大きな有名店の「カーマイケルズ」を何度も出たり入ったりする。とちゅう、エスカレーターを上がっていく母親の姿を見かける。母親は彼女に気づかない。グレッチェンは〈冬の山小屋〉と書かれたディスプレイの前で足を止める。彼女の家もアッパー・ペニンシュラにこれとよく似た、でもこれよりずっと大きい別荘を持っている。目の前のこれは全部込みでたったの五三二〇ドルだ。〈完成品ですぐにお届け――ファイバーグラス断熱材で一年中快適――外装には美しい柾目《まさめ》のカナダ産ヒマラヤ杉を粗挽きのまま使用、人工着色で陰影をほどこしワイルドな外観に仕上げました〉。

まだ三時十五分だ。グレッチェンは暇つぶしに「ビッグボーイ」に入り、ステーキハンバーガーとフライドポテトを注文する。それにコーラ。混んだカウンターに座って、ゆっくりと顎を動かして食べながら、真正面の鏡に映った自分を見る――顎の動きに合わせてもじゃもじゃの髪がかすかに動くのがわかる――するとときおり鏡の中に、店の外でもじもじしながら立っている〈敵〉の姿が映る。**あんたの分はないわよ**、と彼女は頭の中で言う。

「ビッグボーイ」を出て、袋に入ったフライドポテトをつまみながら駐車場のほうに歩いていく。手についた脂をジーンズでぬぐう。外はすでに暗く、気温が下がっている。小さく身ぶるいしながら車の迷路を見わたして〈敵〉の姿を探し――あそこだ――そちらに向かって歩きだす。〈敵〉は彼女の前を走っていく。走って駐車場を抜け、空き地の手前でわざと立ち止まり、彼女が近づくと空き地を走っていく。リードをはずされた犬が四、五頭けたたましく吠えあっているが、すぐ横を走っていく〈敵〉には気づく様子もない。

グレッチェンはあとを追ってその空き地に入る。泥に足を取られながら走り、またべつのぬかるんだ空き地に入りながら、目は〈敵〉をとらえて離さない。奴が幹線道路の手前まで出た――ためらうように立ち止まる――車の隙間をぬって向こう側に渡ろうとしている――よし、いいぞいいぞ――走り出した、いまだ――

やった！　車が奴にぶつかる。体が後ろにはねとばされてもんどりうち、ごろごろ転がる。あはっ、**ねえねえ、いまどんな気分？　痛い？**　グレッチェンは頭の中で問いかける。

〈敵〉は身を起こし、立ちあがる。もしかして血が出てる？　うんまちがいない、血が出てる！　彼はよろよろ通りを渡り、反対側にたどり着く。そこには歩道がある。グレッチェンは車が切れるのを待ちかねたようにあとを追う。奴は酔っぱらいみたいにふらふらしながら歩いていく。**ねえ、どんな気分なのさ？　満足？**

〈敵〉は歩道をよろめきながら歩いていく。脇道にそれ、〈パイニー・ウッズ〉と書かれたアーチをくぐって中に入る。グレッチェンもあとに続いてパイニー・ウッズ分譲地に入っていく。家々はどれもとても大きく、人工の丘の上に見目よく配置されている。ほとんどがコロニアル様式の白亜の建築で、別棟のガレージがついている。歩道がないので、〈敵〉は老人のように足をひきずりながら車道を歩き、グレッチェンも彼の背中に目を注いだまま、後ろから車道を歩く。

どう、楽しい？　痛いの？　どうなの？

彼女は〈敵〉の歩くさまを見て楽しげに笑う。酔っぱらいにそっくり。奴が血の気の失せた顔でこちらを振り返り、一軒の家の石だたみのアプローチを進んでいき……大きな白いコロニアル風の家の中に入り……

グレッチェンも彼のあとから家に入る。玄関の模造レンガに目を近づけてみる。うん、やっぱり血が落ちている。あいつ、血が出てるんだ。わくわくしながら血のあとをたどって廊下を進み、階段を上がり……しまった、ブーツが泥だらけなんだった……でも戻って泥を落とす気になんかなれない。かまうもんか。

家には誰もいないらしい。母親はたぶんまだ買い物中で、父親は週末家をあけている。空っぽの家。グレッチェンはキッチンに入り、冷蔵庫を開けてコーラを出し、家の奥の居間《ファミリー・ルーム》に行く。居間はそこだけフロアから二段下がっている。ジャケットを脱いでそのへんに放る。テレビをつける。ヤギ革のソファに座り、画面を見つめる。『ショットガン・スティーブ』の再放送。もう観た回だ。

もしも〈敵〉が後ろから這い寄ってきて、痛そうな泣き声を出したって、振り返ってもやらない。

靴

エトガル・ケレット

ホロコーストの記念日に、担任のサラ先生の引率で、クラスのみんなで五七番のバスに乗ってヴォーリン・ユダヤ記念館に行った。ぼくはスターになった気分だった。クラスの子はみんなイラク系で、そうじゃないのはぼくとぼくのいとこ、それからもうひとりドルクマンっていうやつだけだった。しかもホロコーストで死んだお祖父《じい》さんがいるのはぼくひとりだったのだ。ヴォーリン記念館はすごくおしゃれでぴかぴかで、どこもかしこも黒大理石で、大富豪の家みたいだった。ヒサンな感じの白黒の写真や、人とか国とか死んだ人たちの名前を書いたリストがたくさん飾ってあった。ぼくらは二人一組になって写真を見てまわり、先生は何度も「さわらないように！」と言った。でもぼくは厚紙でできた写真のひとつにさわった。やせこけた男の人が、サンドイッチを手に持って泣いている写真だった。涙が両ほほを流れて、ハイウェイにひいてある線みたいに見えた。ペアを組んでたオリート・サリムが、さわったこと先生に言いつけてやると言った。平気だね、とぼくは言った。言いたきゃ言えよ、校長先生に言いつけたってかまうもんか。これはぼくのお祖父さんなんだ、さわるなって言われたってさわるね。

写真を見たあと、ぼくらは大きなホールに連れていかれて、小さい子供たちがトラックに詰めこまれて毒ガスを吸って死ぬという映画を見た。それがすむと、ひょろひょろにやせたお爺さんが出てきて、ナチスは最低最悪の人殺しで、だから自分はやつらに復しゅうをした、この手でナチスの兵隊をしめ殺したこともある、という話をした。となりにすわっていたジェルビが、こんなのウソにきまってる、と言った。あんな弱っちい体で兵隊なんかやっつけられるわけないじゃん。でもぼくはお爺さんの目を見て、本当だと思った。その目には怒りがあった。いままでに見たどんなムキムキのおっかない連中の凶暴さもちっぽけに見えるほどの、ものすごい怒りが。

ホロコーストの思い出をあれこれ話したあと、お爺さんは最後にこう言った。いま言ったことはただの昔話ではない、いまの時代にも関係があることだ、なぜならドイツ人どもはまだいるし、国もまだあるからだ。自分はぜったいにやつらを許さないし、きみたちもけっしてドイツには行かないでほしい。自分も五十年前に両親といっしょに行ったときは何もかもよく見えたが、最後は地獄だった。人間は忘れっぽい生き物だ、とお爺さんは言った。悪いこととなるとなおさらだ。人はみんな忘れたがるが、きみたちはけっして忘れてはいかん。ドイツ人を見たら、いま話したことをきっと思い出してほしい。そしてテレビだろうと何だろうと、ドイツ製品を見たら、いいか忘れるな、どんなに外側はきれいに見えても、中の部品や管のひとつひとつは、殺されたユダヤ人の骨と皮と肉でできているのだ。

外に出るときジェルビがまた、あいつぜったい人なんか殺してないよと言ったけれど、ぼくは内心、うちの冷蔵庫がイスラエル製でよかったと思っていた。君子あやうきに近よらず、っていうし。

半月後、両親が海外旅行に行って、おみやげにスニーカーを買ってきてくれた。ぼくがいまいちばん欲しいのはスニーカーだっていうことをお兄ちゃんからこっそり聞きだして、最高級のやつを買ってきてくれたのだ。ママはにこにこしながらぼくに包みを渡した。中身がなにか想像もつかないだろうと思ってるみたいだったけれど、袋についているアディダスのマークですぐにわかった。ぼくは中から箱を出して、ありがとうと言った。箱はかんおけみたいな長方形で、中には横に青い三本ラインと「アディダス」という字のついた白い靴が一つ入っていた。開ける前からわかっていた。「ちょっとはいてみて」ママはそう言って箱から靴を出した。「サイズ、あってるといいんだけど」ママはさっきからずっとにこにこしていて、全然なにもわかっていないみたいだった。「ねえ、これってドイツ製なんだよ」ぼくはママの手をつかんで言った。「もちろんそうよ」ママは笑って言った。「アディダスは世界一のブランドなのよ」「お祖父さんはドイツにいたんだよね？」ぼくは遠まわしにそう言ってみた。「あなたのお祖父ちゃんはポーランドにいたのよ」ママはそう言って一瞬悲しそうな顔になったけれど、すぐに気をとりなおした。それからぼくの片足に靴をはかせて、ひもを結びはじめた。ぼくはじっとしていた。もう何を言ってもむだだった。ママはなんにも知らないのだ。きっとヴォーリン記念館に行ったことがないんだ。だからだれにも教わらなかったんだ。ママにとっては靴はただの靴だし、ドイツはポーランドなんだ。ぼくはだまってされるままになっていた。本当のことを言ったところで、ママをよけいに悲しませるだけだった。

ぼくはもういちどママにありがとうを言い、ほっぺたにキスをして、外でボール遊びをしてくると言った。「気をつけろよ」リビングのソファに座っていたパパが笑いながら声をかけた。「さっそく靴に穴あけるんじゃないぞ」ぼくはもういちど自分の足を包んでいる白い皮を見た。そのとたん、兵隊を殺したあのお爺さんが思い出せと言ったことが一気に頭によみがえった。アディダスの青い三本線にさわると、ぼくの厚紙の祖父の顔がうかんだ。「どう、はき心地は？」とママが言った。「そりゃいいにきまってるさ」お兄ちゃんがぼくのかわりに言った。「イスラエルの安もののスニーカーとは比べものになんないよ。なんたってあのクライフとおんなじ靴なんだぜ！」ぼくはなるべくスニーカーに体重をかけないよう、つまさき立ちでゆっくり玄関まで行った。そのままそろそろとモンキー・パークのほうに歩いていくと、おもてでボロコフの連中が三チームに分かれてサッカーをしていた。オランダとアルゼンチンとブラジルだ。たまたまオランダチームの選手が足りなかったので、ぼくも入れてもらえることになった。ふだんだったらボロコフに住んでる子じゃないとぜったいに仲間に入れてもらえないのだ。

　ゲームが始まってすぐは、お祖父さんが痛くないように、なるべく靴の先っぽではボールをけらないようにしていた。でもそのうちそんなことも忘れて——ヴォーリン館のお爺さんが言ってたとおりだ——ボレーシュートでゴールまで決めた。ゲームが終わったあとまた思い出して、靴を見た。靴は急にぼくの足にしっくりなじんで、箱の中にあったときよりもずっと軽やかだった。「ぼくのシュート、すごかったでしょ？」帰り道、ぼくは歩きながらお祖父さんに言った。「キーパーのやつ、何が飛んできたかもわかんないって顔してたよね」返事はなかったけれど、はずむような足どりで、お祖父さんも喜んでいるのがわかった。

薬の用法

ジョー・メノ

それは僕らが心の底から、麻酔医になろうと決意した夏だった。僕と双子の姉と、二人で捕まえられるかぎりの小さな生き物を捕まえ、生臭いにおいのする汚れた緑のガラス瓶にせっせと閉じこめていった夏だった。家の車庫の屋根裏で、僕らは旅行鞄《かばん》の中に隠してあった父の診察道具を偶然見つけた。旅行鞄は灰色の埃《ほこり》をかぶり、金具という金具に亡霊の指紋がついていた。錆《さ》びた留め金をはずすと、中からセピア色の写真が一枚ひらりと落ちた。まだ幼なじみの恋人どうしだったころの父と母だった。父は蝶ネクタイ、母は糊のきいたドレスを着て、首元の真珠のネックレスが二つめの口のように笑っていた。僕らは写真を鞄にもどすと、両手を口に当て、不思議な形の銀色の器具類をあれこれ物色しはじめた。何でもいい、ただひたすら回復のために費やされた夏の終わりの気だるい無為を消し去ってくれる何かを見つけたい一心だった。

家の中ではいっさい音を立ててはいけないことになっていた。僕らの母は、とにかく絶対安静にしていなければならなかった。大人たちはうるさいくらいに念を押したが、どのみち僕と姉とはとっくに言葉を発するのをやめ、複雑な手ぶりを使って会話するようになっていた。それは僕らの発明した、二人のあいだにだけ通じる、言葉を使わない言語だった。一種の暗号みたいなもので、たとえば指を広げてスズメの形に似せれば、外に行きたい、という合図だった。けれどもその同じ形を目の上にもってくると、悲しいとか怒っているとか疲れたとかいう意味になった。言語はひどく不完全で、だからこそ言いようもなく美しかった。一つの手ぶりに三つ以上の意味があり、相手の返事もまた不確かだったから、僕らはまるで超能力者になったような気分だった。自分たちの言語がまちがっているなどとは夢にも考えなかった。僕と姉が話し合いたいのはたった一つのことで、だから僕らの手が作る言葉はすべて、動きの一つ、形の一つまでが、同じ話を何度もくり返し語っていた。その年の夏の最初の日、母の誕生日に、父が地下室で首を吊った。その瞬間の音はみんなの頭にこびりついて、いつまでも消えなかった。

けれども父の往診鞄を見つけてから、終わろうとしていたその夏はやっと上向きはじめた。銀色のメスや、細長い鉗子《かんし》や、父が僕らの指から刺《とげ》を抜くのに使った先の平たいピンセットのなかから、僕らはとびきり素敵なものを発見した――注射器、それに〈危険！　キケン！　麻酔薬〉と書かれた、ベラドンナ液入りの小瓶。

いくらも経たないうちに、僕らはそれを使いはじめた。

最初はまず虫で試してみることにした。虫は明らかにそういう実験向きにできているように思えたからだ。もしも失敗して患者が死ぬようなことがあっても、虫ならさして苦しむことはないだろうし、家族や友だちが非業の死を嘆き悲しむこともない気がした。それに虫は見るからに硬く、柔らかな部分はほとんどなかった。科学的にみて、痛みと、その受け皿である魂とは――日曜ごとに通う教会で、僕らは無理やりその存在に目を開かされた――柔らかなものの内側にだけ宿ることを許された高度なものなのだ。すくなくともそう姉は考えていた。僕よりたっぷり三分早くこの世に生まれ出たイザベルは、いつだって僕より迅速かつ完璧にものごとを理解していた。

僕らはいろいろな生き物を以下の順番で眠らせ、うまくいくこともあればしくじることもあった。こおろぎ、あぶ、マルハナバチ、クマンバチ、芋虫、ヒトリガ、ばった、ナナフシ、カメムシ、くわがた、そしてダンゴムシ――この最後のやつは丸まって眠ったきり、ついに目を覚まさなかった。最初の一連の実験で、薬の量をなるべく少なく抑えたほうがいいということを僕らは学んだ。量が多すぎると患者は体を硬直させ、全身を狂ったように震わせながら、白っぽい中身を吐き出して死んでしまった。けれども生還した患者はどれも目立った副作用もなく、目を覚ますとただ飛んだり跳ねたりして、どこかに行ってしまった。唯一の例外は僕が接種を任された大きなクマンバチで、うっかり針の先で片方の翅《はね》に穴をあけてしまったために、かわいそうにいつまでも僕らの頭上を輪を描いて飛びつづけ、しだいに酔っぱらったようになり、ついには力尽きて死んでしまった。実験では、僕はほとんどいつも記録係だった。仮説、使用した器具、経過、結果そして結論。何度めか以降は、たとえば患者が死亡すれば〈実験1を参照〉、生還すれば〈実験5を参照〉とだけ書くようになった。

つぎにどうなったかというと、つまり、姉が楽しみを独り占めするのをただ見ていることに、僕が飽き飽きしてしまったのだ。いつだって主導権は姉が握っていたし、クマンバチをひどい目にあわせて以降、僕は道具にいっさい触らせてもらえなくなってしまっていた。そこで僕は、実験に自分なりに趣向を凝らすことにした。生き物をただ眠らせるよりも、何かの目的のためにそうしたほうがずっと面白いと思ったのだ。そして僕の考えだした目的は、文句なしにすばらしいものだった。

生き物が眠っているあいだに服を着せてあげる。

それはじつはたやすいことだった。姉は人形用の小さな衣装をたくさん持っていて、それがカエルやガマ、イモリ、野ネズミといった四本足の小動物たちにちょうどいい大きさだったのだ。僕らは一日の半分を、首におできのある看護婦が母のために作った——母の容体は、いっこうに良くなる兆《きざ》しが見えなかった——昼食の残り物で獲物を捕まえるのに費やし、残りの半日を麻酔と衣装合わせに明け暮れた。

動物たちのほうでも、おおむね異存はないようだった。姉はすっかり上達していたので、めったに死者は出なかったし、ごくたまに患者が死亡することがあっても、たとえば薄茶色の兎のときのように、死者を小さな白の半ズボンとビロード風の青の上着で着飾らせるのは、かえってふさわしいことのように思えた。姉が注射の腕前を上げていくいっぽうで、僕もまた、どんな動物にもぴったり合う衣装を即座に見つくろうことにかけて才能を発揮した。森の生き物には尻尾に小さなピンクのリボンを一列に結んだし、小さなボンネットとスカートをきちんと合わせることだってできた。一度などは、姉が薬を多く盛りすぎたトガリネズミのために、銀色の埋葬用の靴をはかせてあげたこともあった。姉はそれを、もっとずっと耐性のあるモグラと勘違いしたのだ。

目を覚ました動物たちは、最初のうちこそ着せられた服に驚いてじたばたするが、徐々に、徐々に、新しくまとったモードを楽しみはじめ、やがて有頂天になるのが僕らにはわかった。そして患者たちはうれしそうに跳ねまわりながら背の高いプレーリー・グラスの茂みの中に姿を消し、そして森に戻っていくのだった。僕はよく、小さな子供が——いや、それより狩人とかだったらなお愉快だ——僕らの美しい作品たちに出くわすところを想像した。森を荒らしまわっていた彼らがピンクのレースのナイトガウンを着た白ウサギや、手足にリボンを飾り、甲羅を矢車草の青に塗られた亀を見たら、どんな顔をするだろう。こうなってくると、僕たちの実験のことを無用で残酷だと言う人もいるかもしれない。そういう人には、虫眼鏡を手に取って、おのれの子供時代という仄暗い装置をよく観察してごらん、と申し上げたい。あるいは僕らのしたことを無意味で無目的な行為だ、罪のない動物たちを単に恐怖におとしいれただけだ、と言う人もいるかもしれない。だが麻酔の実験を成功させ、ついで衣装合わせを経た僕らは、ついに自分たちの真の使命に気づいたのだ。

（僕の発案だと言いたいところだが、パレードのアイデアを最初に思いついたのは姉のほうだった。）

すでにちょっとした医学通になっていた姉のイザベラは、寝室の窓の奥で、泣くのとレンズ豆のスープをすするのを交互にやっている母の姿を長いこと観察したあげく――その動きはひどく痛ましく、涙と鼻水に浸されているように見えた――一つの診断を下した。母を苦しめているのは、電気椅子にかけられたような極度のショック状態だ。地下室で首を吊っていた父さんを最初に見つけたのは母で、しかもその日は自分の誕生日だったのだから。科学的に考えれば、それと同じぐらい大きいショックを逆方向に与えれば、母はきっと治るはずだった。それには盛装した動物たちのパレードがきっと有効だ。そう僕らの科学は結論づけた。

　それからの三日間、僕と姉はありとあらゆる種類の動物を捕まえるのに奔走した。麻酔薬はあっと言う間に底をつきかけていたから、治療を行うなら急いだほうがいい。僕らの選んだ動物は、まずガーターへび、これには僕がリボンと鈴をいくつかつけてやった。それから仔兎が三羽、これはイザベラがお揃いの金色のスカートをはかせた。カエルたちは、黒の細身のズボンと対《つい》の上着をじつに小粋に着こなした。そしてイモリには手袋をはめさせた。麻酔薬は、ちょうど全員に行き渡るだけの量が残っていた。イザベラは、過剰投与にならないよううんと気をつけつつ、ベテランの看護婦のように優しい手つきで容器の中身を空《から》にした。そのつぎが僕の出番だった。ほどなく動物たちは眠らされ、服を着せられ、そこに台所のほうから母のケトルの笛が鳴る音がした。もうじき母が起きてくるという合図だった。

僕らは小さな赤い手押し車を母の部屋の窓の前まで押していき、庭のへりの柔らかな芝生の上に、着飾った動物たちを小さな楕円形になるよう注意ぶかく並べた。そうしてパレードの参加者をすべて配置しおえると、二人いっしょに大声で叫びはじめた。

母が怯《おび》えた顔つきで両手で胸を押さえながら、窓辺に姿をあらわした。怪我でもしたのでないかと僕らのほうを見て、二人とも無事だとわかると、つぎに僕らの足もとでまだじっと動かずに眠っているパレードの列に目を落とした。母は夢心地の驚きと恐怖とのちょうど境界線上で、凍りついたように動かなかった。この実験がうまくいくか失敗に終わるか、すべてはこの一瞬にかかっていた。

だが思いもよらぬことが起こった。患者たちが目を覚まさないのだ。

僕らの母は心臓に手を当てたまま立ちつくし、この優美な惨劇を、白とピンクのリボンで彩られた殺戮《さつりく》の現場をしばらく眺め、それから背を向けてしまった。

そのときはじめて、姉が過《あやま》ちに気がついた。小瓶の底のほうにあった薬は、光や振動や時間の影響をまぬがれたため、効き目が強くなっていたのだ。だから従来どおりの量だと患者たちにとって致命的となり、期せずしてパレードを虐殺に変えてしまったのだ。

イザベラはかぶりを振り、曲げた肘に顔をうずめて、か細い声をたてて泣きはじめた。

「なに？　ねえ、どうしちゃったんだよ？」僕は言った。声が自分の声でないようだった。まだ何が起こったのか呑み込めずにいた僕には、いつもは自信たっぷりの姉がそんなふうに取り乱して泣きじゃくるのが腹立たしく、恐ろしかった。

「マシュー」姉はかすれた声で言った。「あたしたち……あたしたち……しくじったのよ」

「え？　どういうこと？」姉がまだ何も言わないうちに、僕の脳裏にふいに、地下室で首を吊っている父の姿がよみがえった。ロープを首に巻きつかせ、目をかたく閉じ、後悔の念と、自分の命に幕引きをした決意の重みに頭を垂れた父。父さんはいったい何を思っていたのだろう。もし話せたら、何と言っただろう。その瞬間、父が何に気づいたかを僕は理解した。いまや別人のようになってしまった姉の声。それは今では父の発見した真実の声となって、僕の頭に鳴り響いていた——薬では、心の傷を治すことはできないのだ。

七人の司書の館

エレン・クレイジャズ

その昔、町の東の険しい崖の上に、カーネギー図書館は森に囲まれて建っていた。赤レンガと粗い自然石の壁で、小塔《テュレット》と広い窓が木々を見おろしていた。内部では緑色のガラスシェードをかぶせた読書灯がオーク材のテーブルにあたたかな黄色い光を投げかけ、そのまわりをスピンドル椅子が取り囲んでいた。

本のぎっしり詰まった黒ずんだ書架は、型押し模様のある錫《すず》の天井まで届く高さだった。床は木で、玄関ロビーだけが白茶色の大理石だった。時計のチクタクいう音と、厚紙のカードにゴム印を押す静かでリズミカルな たたん という音が、ここで聞こえるいちばん大きな音だった。

何もかもが小ぢんまりとして、整理がゆきとどいていた。

十二人の大統領と二度の大きな戦争のあいだに、張り出し窓の外のニレやカエデは大木に育った。子供たちは『ピーター・パン』から『オリバー・ツイスト』、そして大学へと巣立っていき、〝おはなしのじかん〟に集まるのは彼らの弟たちになり、いとこたちになり、娘たちになった。

あるとき図書館委員会が集まって――スーツを着た男たち、しかめ面した、お金をもった男たちだ――進歩のために採決をした。新しい図書館を作ろう。照明は蛍光灯、そのほうが子供たちの目にもいい。大きな一枚ガラスの窓、自動化されたシステム、人間工学にかなったプラスチックの椅子。徴税が承認され、町の向こう側、コミュニティセンターとショッピングモールのすぐそばに、新しい図書館が建設された。

いくつかの本は箱詰めされて大通りを車で運ばれていったが、多くは「除籍」のスタンプを押され、そのまま秋のブックセールに回された。大卒のインターンが最新の技術を使い、不便な古いカード式目録や記録類をフロッピーやマイクロフィッシュに変えた。進歩、進歩、進歩。

かくして四月の終わりの霧雨の降る朝、ラルフ・P・モッスバーガー図書館（いちばん多額の寄付をした、町の慈善家兼カーディーラーの名前をとって、そう名づけられた）はオープンした。町の人々はみんなテープカットの式典に集まり、スピーチを聴いた。そのあとで出るケーキがお目当てだった。

町はずれの崖の上に建つカーネギー図書館の七人の司書たちだけが、その中にいなかった。

未来のほうを向いている町をよそに、あわてず、静かに（なんといっても図書館の司書なのだから）、彼女たちは必要な品々を買いそろえていった。紅茶の葉、イングリッシュ・ビスケット、バーズのカスタードにビーフと大麦のシチューの缶詰。棚をいくつか並べ替え、座り心地のいい肘掛け椅子、上等のカップとティーポット、ソファ、シャワー用のタオル、それに裂き編みの小さなラグを何枚か、運び入れた。

そして図書館の中に入り、扉を閉ざした。

毎朝目を覚ますと、司書たちはそれぞれの仕事にとりかかった。棚を整理し、スタンプを押し、目録を作り、そして日が暮れて夜になると、ランプの光の下でめいめい本を読んだ。

もしかしたら町の人たちのなかには、子供のころ好きだった、でもある夏失《な》くして二度と出てこなかった玩具を懐かしく思い出すように、この古い図書館のことをしばらくのあいだ覚えていた人もいたかもしれない。だがたいていの人たちは、もうとっくに取り壊されてしまったのだろうと思いこんでいた。

そうして一年が過ぎ、二年が過ぎ、ひょっとしたらさらに何年もの時が過ぎていった。図書館の内側では、時間はもはや意味をもたなくなっていた。自然石の正面階段のまわりには雑草やイバラが丈たかく生い茂った。木々は屋根に覆いかぶさり、森は外套のように図書館をすっぽり包みこんだ。

その中で、七人の司書たちは静かに満ち足りて暮らしていた。

ある日、赤ん坊を見つけるまでは。


図書館の司書は本の守護者だ。人々に本の道案内をし、知識の扉を開く鍵を差し出す。だが、七人の司書たちにはお互いのほかに誰もいなかった。導く相手も、未知の世界へ一歩を踏み出す新たな頭脳もいなかった。彼女たちは忙しく立ち働いて日々を埋めた——完璧に整頓された本棚をさらに整え、ほんのわずかな綴《と》じ目のほつれを丈夫なネットと糊で補強し、それでもしだいにささいなことで口げんかするようになっていった。

その前の晩もルースとイーディスが、『易経《イーチン》』で占いをするのに硬貨の代わりに地下鉄のコイン（図書館の〈忘れ物〉ボックスの中に、五、六個入っていた）を使ってもいいかどうかをめぐって、夜おそくまでやり合っていた。それで翌朝、ブライズが２９９の書架の前で脚立《きゃたつ》に乗って、易経の卦《け》の本を棚に戻していると、ドアをノックする音が聞こえた。

おや変ねえ、とブライズは思った。ここを誰かが訪ねてくることなんて、久しくなかったのに。

よれよれのカーディガンを形だけかき合わせ、危なっかしく脚立を下りると、彼女は正面玄関のほうまで小走りに行き、はたと立ち止まって、驚いて口に手を当てた。

本の返却シュートの下の木箱の中に、籐のバスケットが一つ、ピクニックみたいに赤いチェックの布を上にかぶせて置いてあった。片側からクリーム色の小さな封筒がのぞいている。

「すてき！」ブライズは手を打ちあわせて声を上げた。フライドチキンとポテトサラダ――どちらも彼女の大好物だ――それにジャーに入ったレモネード、もしかしたらチェリーパイまで？　アーチ形の把手《とって》を持ちあげてみた。ピクニックにしてはずいぶん重かった。でも、なんといってもこっちは七人だ。もっとも、オリーブはさいきん小鳥みたいにちょっとしか食べなくなってしまったけれど。

彼女はもと来た道を引き返し、貸出カウンターの上にバスケットを置くと、封筒を引っぱりだした。

「いったい何なの？」マリアンがいつものように唇を不満げにとがらせて言った。まるでそのバスケットが混乱をまき散らす災いの種で、せっかくきちんと整列させたゴム印やファイルボックスをかき乱すためだけに自分の領域に闖入してきたと言わんばかりだった。

「差し入れよ」とブライズは言った。「もしかしたらお昼ごはんかも」

マリアンがけげんそうに顔をしかめた。「あなたに？」

「どうかしらね。ここに手紙が……」ブライズは封筒を掲げてみせて、表をじっと見た。「ちがうみたい」と彼女は言った。「宛て名は〈司書さんたちへ　返却期限切れの本です〉ですって」

「だったらきっと、あたし宛てね」マリアンはそっけなく言った。彼女は七人の中でいちばん年下で、パンツスーツにシルクのTシャツを着ていた。髪は昔はブロンドだった。

マリアンはカウンター越しに手を伸ばし、ブライズの丸っこい指から封筒を取ると、細かな唐草模様の彫られた真鍮のナイフで封を切った。

「ふん」中身をざっと読んでから、彼女はそう言った。

「どう、お昼ごはんだった？」ブライズが言った。

「はずれ」マリアンは手紙の中身を読みあげた。


返却期限を過ぎてしまいました。それもとんでもなく長い期間。ごめんなさい。わたしがまだうんと小さかったころ、家がトピーカに引っ越して、そのとき母がうっかりシーツといっしょに荷造りしてしまったんです。これを返すために、はるばるここまでやって来ました。きっと延滞料金は大変な額になっているでしょうけど、わたしにはお金がありません。おとぎ話《フェアリー・テール》の本なので、かわりに初めて生まれた子供でお支払いしてもいいんじゃないかと思いました。ここの図書館のことがずっと好きでした。この子もきっとここで暮らすのが幸せだと思います。

ブライズは布の端をちょっとめくってみた。「あらまあ、驚いた！」

つやつやした黒髪の女の赤ん坊が、緑色の目をいっぱいに見開いて、こっちを興味ぶかげに見あげていた。自分の半分くらいの大きさがある青い本の角を満足そうにしゃぶっていた。『グリム兄弟のおとぎ話』だった。

「ラッカムの挿絵がついている版だわ」ブライズが本を赤ん坊からそっと取りあげて言った。「すばらしい本」

「いったい、いつ貸し出されたんだろう？」とマリアンが言った。

ブライズは表紙をめくって、裏についていたポケットから罫線入りのカードを引き抜いた。「一九三八年十月十七日」そう言って頭を振った。「まあ大変。一日二セントとして、ええと……」彼女はまた首を振った。ブライズは計算がちゃんとできたためしがなかった。

司書たちはファイル・キャビネットの一番下の段を空にして、そこをベビーベッドがわりにした。もうほとんど使わない購入図書の発注書や土地の利用許可書や謄写版の説明書は、べつの場所に移された。
ルースはスポック博士の、イーディスはピアジェの育児書をそれぞれ参照した。二人は本から赤ん坊、赤ん坊からまた本へと視線を移し、長いことそれをくりかえした末に、たぶんこの子は生後九か月ぐらいだろうと結論づけた。そして同時にため息をついた。本を読めるようになるのはまだ当分先ね。

司書たちは赤ん坊にクリームを与え、歯のない口にビスケットを含ませ、そして七人が七人とも、他の六人が見ていないと思うと、甘い声で赤ん坊をあやしたり、ピンク色の足指をくすぐったりした。九人姉妹の一番上だったハリエットは、好むと好まざるとにかかわらず育児には手慣れていた。彼女はバスケットにいっしょに入っていたおむつを取り替え、洗濯し、『おやすみなさい　おつきさま』や『ぱたぱたバニー』を読み聞かせた。雄弁と讃歌の女神ポリュヒュムニアからとって、赤ん坊をポリーと呼んでいた。

ブライズは「ビッツィ」または「小さな宝もの」。

マリアンは「捨て子」か「あなたが拾ってきたあの赤ん坊」と呼んだが、それでもやっぱり、あやしたり甘やかしたりくすぐったりをした。

子供が歩きはじめると、ドロシーが階段の手前に『コンプトン百科事典』（彼女いわく

〝不出来な百科事典〟）を積みあげてバリケードを築き、分類カード棚の一番下の段を引き出して、子供がつかまり立ちできるようにした。おかげで〝Zithers《ツィター》〟や〝Zipper《ジッパー》（↓Slide Fastenerを参照のこと）——の項目を調べた人は、カードどうしがグレープジェリーでくっついているのを発見することになった。子供が言葉をしゃべりはじめると、司書たちは暖炉の横の〈児童書コーナー〉に小さなベッドを置けるスペースを作った。

そろそろオリーブが子供に読み書きを教える頃合いだった。

オリーブは、有史以来ずっと子供専門の司書をしてきたみたいに見えた。誰も彼女の本当の歳を知らなかったが、本人はクーリッジ大統領に手を振ったのをおぼろげに覚えていた。彼女の脳細胞はまだ全部きちんと働いていたが、その一つひとつがちょっとずつ風変わりで、普通とはちがう回転のしかたをした。

オリーブは〈児童書コーナー〉の、『こども百科事典』や『木々のふしぎ』などが並んだ事典類の書架の後ろのソファベッドで寝起きしていた。それとは反対側の隅に、司書たちは女の子のためのはじめての「大きい子用のベッド」を運び入れた。色は黄色で、ヘッドボードには妖精とお馬、足のほうにはロケットのステッカーを貼った。この子がどんなものに興味を示すか、まだわからなかったからだ。

この仕事を始めたばかりのころは、オリーブもまだ普通サイズの司書だった。だが女の子の教育にとりかかるころには、よちよち歩きの自分の生徒と変わらないくらい小さく縮んでいた。骨粗鬆症《こつそしょうしょう》や脊柱側湾症といった高齢からくる病気のせいではなかった。子供用の小さな椅子に合わせてかがみこんだり、膝の高さの棚から本を出し入れしたりするのに、もういいかげん疲れてしまったのだ。それで図書館が閉まったとき、もう大人《グロウン・アップ》はじゅうぶん長くやったのだから、これからは子供に戻ろう《グロウ・ダウン》と決めたのだ。やってみると、そのほうがずっと楽ちんだった。

こんなに小さな体なのに、彼女の膝は子供たちにとって最高に座り心地のいい椅子だった。

女の子はあっと言う間にアルファベットを覚え、すべての形と色の名前を覚え、動物園の動物たちの名前を覚え、今はもう死に絶えてしまった十四種類の恐竜の名前を覚えた。

四歳（推定）になると、「コップ」とか「ランプ」とか「かいだん」といった簡単な単語を読みあげられるようになった。そうして彼女は自分の名前を見つけた。

その日オリーブは『かもさん　おとおり』を読み聞かせながらうつらうつらし、他の司書たちもみんなどこかで何か仕事をしていた。女の子は退屈だった。忍び足で〈児童書コーナー〉を抜け出し、壁や書架の影をつたい歩き、貸出カウンターの前ではマリアンに見つからないよう床を這って進み、図書目録カードのあるアルコーヴにたどり着いた。この図書館の心臓部、もっとも禁じられた遊び場だった。

いつもはそこで、オーク材のキャビネットの脚の下にもぐりこんだり、キャビネットと大理石の床と漆喰《しっくい》の壁に囲まれた隅っこに隠れたりして遊んだ。隠れんぼをするのに――もっとも隠れるだけで鬼はいなかったけれども――そこはうってつけの場所だった。その隅っこは洞窟であり、海賊船の狭い寝台であり、魔法の洋服だんすの戸棚だった。

けれどもその昼下がり、キャビネットの引出しの前面についている白いカードに見覚えのあるものを見つけて、女の子は目を丸くした。字だ！　しかも自分がよく知っているアルファベット。これもみんな言葉なんだろうか？　もしかしたらこの引出しの中がぜんぶ言葉なのかもしれない。この大きい木の箱いっぱいに、言葉が！ そう考えると、女の子はなんだかくらくらした。

彼女はキャビネットのいちばん端まで行き、折れそうになるくらい首を曲げて上を見あげた。縦に引出しが四列。横に引出しが五列。女の子はため息をついた。背が小さいから、いちばん下の列の引出しにしか手が届かなかった。彼女は小さな真鍮の枠の縁を指でそっとなぞると、中の白いカードを一枚ずつ注意ぶかく引き抜いて、床に一列に並べてみた。

D

I

N

S

XYZ

女の子はその前にしゃがみこみ、口の端から舌の先をのぞかせてじっと考え、それを読もうとした。

「声に出して読んでごらんなさい」オリーブの優しい、励ますような声が聞こえた気がした。彼女は大きく息を吸いこんだ。

「どぅーいーんーす……」そこで止まってしまった。最後のカードは字がたくさんありすぎたし、Xがついた言葉はまだ一つも知らなかった。いや一つだけあった、ｘｙｌｏｐｈｏｎｅ（木琴）。でもそれはXがいちばん前についているから、これとはちがう。もう一度やってみた。「どぅーいんーず、ず、ず……」そして難しい顔になった。

女の子は冷たい大理石に木綿のズボンのお尻をぺたんとつけて座り、最後のカードの上に手を置いた。一本の指がXを隠し、小指がZ（これもまた、ふつうの言葉を作るときにはあまり役に立たない字だ）を隠した。こうするとYが残った。最後にYがつく言葉は好きだった。ｆｕｎｎｙ（おもしろい）もそう、ｈａｐｐｙ（楽しい）もそう。

「どぅーいんーじー」彼女はゆっくり読みあげた。「でぃんじー」

言ってみると、硬い音と柔らかい音、それにSの摩擦音が口のなかで混じりあって、いい気持ちだった。もういっぺん、もっと大きな声で言ったら、思わず笑い声が出た。もう一度、こんどはものすごく大きい声で言った。「**でぃんじー！**」

図書館で出す大声ほど、一瞬でおおぜいの人の注意を引くことはない。あっと言う間に、アルコーヴの入口に七人の司書たちが集合した。

「何なの、いったい？」とハリエットが言った。

「あんた、ちょっとねえ……」マリアンが言いかけた。

「それは言葉なのね？」オリーブが静かな、優しい声で言った。

「あたしが自分でつくったの」女の子が言った。

「でも、でたらめだわ」とイーディスが、怒るというよりは面白がるように言った。

「何の意味もないもの」

女の子は首を振った。「あるもん。おりーぶ」そう言って、オリーブを指さした。「どおしー。いーでぃす。はーえっと。ぶあいず。るーす」そこでちょっと言葉を切って、目をぐるんと上に向けた。「まいあん」最後にちょっと低い声でつけたした。それからこんどは自分を指さした。「でぃんじー」

「まあ、ポリーったら」とハリエットが言った。

「でぃんじー」ディンジーは言った。

「ビッツィ、でしょ？」ブライズがあきらめきれずに言った。

「**でぃんじー！**」とディンジーが言った。

それで決まりだった。

毎日午後の三時になると、オリーブとディンジーは張り出し窓の前のラグに座って二人だけで輪になって、そうして〝おはなしのじかん〟が始まった。あるときはオリーブがディンジーに『ビーザスといたずらラモーナ』や『まよなかのだいどころ』を読み聞かせ、あるときはディンジーがオリーブに『魔法半分』や『クマのプーさん』を読んで聞かせた。特にこの最後の本はディンジーの大のお気に入りで、あんまりしょっちゅうベッドに抱えて入るので、イーディスが綴じ目を修繕しなければならなかった。

このときだった、しかも二度。ディンジーが図書館に生まれて初めてお願いごとをしたのは。

図書館に関する覚え書き――

知識は永久不変のものではない。生きつづけるために、情報はつねに流動していなければならない。この図書館では、折りにふれて新着本が出現した。ある雨降りの昼下がりには『ハリー・ポッターと賢者の石』が忽然と現れ、書架のロジャーズとサン・テグジュペリのあいだにローリングが、まるでずっと前からそこにあったかのようにきちんと収まっていた。べつの日には、２９４の棚にティク・ナット・ハンの禅の本があるのを掃除をしていたブライズが見つけたし、ドロシーがちょっとお茶をいれに行った隙に、ブックカートの上にファインマンの物理学の講義の本が載っていたこともあった。

そうたびたび起こる現象ではなかった。どの本を新たに加えるかに関して、図書館の選択眼は厳しかった。打ち上げ花火のように短命なベストセラー本はけっして入れず、時の試練に耐えて、ディケンズやトールキン、ウルフ、グールドなどと肩を並べうる声だけが選ばれた。

司書たちが本の世話をするのと引き換えに、図書館も彼女たちに目をかけた。ときにはごほうびがふるまわれた。休憩室の合成樹脂のカウンターの上に熟《う》れたタンジェリンを盛った鉢が載っていたこともあるし、金色のホイルに包まれたチョコレートクリームだったこともあった。お茶の時間に行くと、小さな脚つきグラスに入ったシェリー酒が七杯、テーブルの上に並んでいたこともあった。ビスケットの缶はいくら食べても空にならなかったし、ウェッジウッドの壺の中のクリームはいつも新鮮だった。スタンプ台はけっして乾かず、カウンター備えつけのエンピツはつねに芯がきれいにとがって、いつまでもちびることがなかった。

図書館はときに、ディンジーの姿も隠した。何かをひどく汚してしまって誰にも見つかりたくないときや、司書の誰かの虫の居所がわるいときなど、図書館はディンジーのために内部の構造をほんのちょっとだけ変えて、彼女があちこち歩くうちに、見たことのないアルコーヴや物置を自然に見つけるように仕向けた。秘密の通路を抜けると、今までそんなものがあることも知らなかった閲覧室の上のバルコニーに出たこともあった。けれども翌週もう一度その通路を探してみると、そこにはただのっぺらぼうの壁があるだけだった。

ディンジーがおおよそ六歳のときに図書館にお願いごとをしたのは、だからそういうわけだった。小《ち》っちゃな黄色いベッドの中で、ぼろぼろの『プーさん』本を枕の下に入れて、彼女はどうかどうかいっしょにおねんねできるクマさんをくださいとお願いした。部屋の電気が消えてしまったら本は大して慰めにはならなかったし、硬くて角がごつごつしていて、ふとんの中でいっしょに寝るには不向きだった。ディンジーは片方の腕を曲げて見えないふわふわのクマを抱っこして、一心に願いごとをとなえつづけ、そうするうちにまぶたがすうっと重たくなった。

次の日の朝、みんなでお茶とジャムつきトーストを食べていたら、ブライズが何やら意味ありげな顔つきで、両手を後ろに隠して休憩室に入ってきた。

「ふしぎなこともあるものねえ」と彼女は言った。「ここに来るとちゅう、なにげなく〈忘れ物〉ボックスを見たのよ。どうしてかしらね、忘れ物なんてもうずっとないはずなのに。でも、たぶんこれが目に入ったんだと思うの」

そう言って彼女は小さな茶色いクマを見せた。小さな黒い目玉は片っぽ取れて、お腹の毛皮もあちこちすりきれて、いかにも誰かがくたくたになるまで可愛がったものといったふうだった。

「どうやらあなたのみたいね」ブライズがほほえみながら片方の脚を上げてみせると、むくむくした足の裏に、黒いマジックのかすれた文字で、〈ディンジー〉と名前が書いてあった。

ディンジーは体じゅうでおおいかぶさるように縫いぐるみを抱きしめると、午《ひる》までずっとスキップしどおしだった。お三時にオリーブにおやつをもらったあと──ココアと『ローナ・ドゥーン』のお話──ディンジーは片手を丸めてオークの壁に投げキスをした。

「ありがとう」ディンジーはそう言って、オリーブの目を盗んで、〈児童書コーナー〉の暖炉のタイルの隙間に、半分に割ったクッキーを押しこんだ。

ディンジーとオリーブの楽しい日々は続いた。ある週は二人で海賊になって、休憩室から金銀財宝（とレーズン）を略奪した。その次の週には塔に幽閉されたお姫様になって、小塔《テュレット》で『北風のうしろの国』を読んだ。さらにその次の週にはぴかぴかの甲冑に身を包んだ騎士になって、囚われの姫君たちを救出した。救け出されるときマリアンがすごく嫌そうな顔をするので、ディンジーはとりわけこの遊びがお気に入りだった。

ところが七歳半になったとたん、ディンジーはぱったりお話を読まなくなってしまった。まったく突然に、ある日の午後に——あとでオリーブはそのときのことを〝身が縮む心地〟がしたと言った——それは起こった。

「お話なんて、赤ちゃんの読むものよ」とディンジーは言った。「わたし、もっと本物の人間の話が読みたい」オリーブは寂しそうにほほえむと、部屋の反対側の壁を指さした。子供たちが同じ宣言をするのを、彼女はこれまで幾度となく見てきた。いつかはこんな日が来ると知っていたのだ。

そこからディンジーは、いろいろな自伝をむさぼるように読んだ。手はじめはオレンジ色の「アメリカの偉人たちの子供時代」シリーズの『若き発明家トーマス・エジソン』だった。〈児童書コーナー〉の西側の壁にアルファベット順に並んでいる自伝を、アビゲイル・アダムズから始めてジョン・ピーター・ゼンガーまで読みつくし、角を曲がると、その向こうには〈歴史・科学〉のコーナーがあった。

〈児童書コーナー〉の戸口のところに立ちつくし、その向こうに並んでいる大人の本を見ていたら、肩にオリーブの手が置かれた。

「そろそろ廊下の向こうに行ってみたい？」オリーブが静かに訊ねた。

ディンジーは唇をかんでいたが、やがてうなずいた。「ねえ、また戻ってきてもいいでしょう？　またいつかお話を読みたくなったら、帰ってきてもいい？」

「あなたさえよければ、いつでも歓迎よ」

ドロシーがやってきて、クマと枕と黄色い歯ブラシを運んでいった。ディンジーはオリーブの乾いた頬にキスをした。それからブライズに手を取られて廊下を渡り、ぜんぶの本に分類番号がついている部屋に足を踏み入れた。


ブライズはぽっちゃりで、そばかすで、くせっ毛だった。まるで何かやりかけのことを放り出して急いで参上したとでもいうように、いつも少し顔がほてっていた。しわの寄ったツイードのスカートに、元はどんな色だったのか判別しがたいよれよれのカーディガン。つぶらな黒い瞳はスパニエル犬みたいで、それが本を取って戻ってくるのを生きがいにしてきたブライズにはとても似つかわしく見えた。新聞から切り抜いたメルヴィル・デューイ*の小さなグラビア写真を入れたロケットを首から下げていて、デスクの

＊図書の十進分類法を考案したアメリカの図書館学者

引出しの中にはいつもいろんなお菓子を——サワーボールにミントキャンデーにネッコ・ウェハース——取りそろえていた。

ディンジーはブライズとはすぐに打ちとけた。

でもドロシーはそうはいかなかった。

ドロシーは自分のデスクの上に、群青色のリボンのついたメダルを額に入れて飾っていた——図書分類学科の優等賞のメダルだった。黒い旧式のレミントンのタイプライターをものすごい速さで打ち、時には息もたえだえの古い複写機をなだめすかして、薄い灰色のコピーを取り出した。

背が高く、骨ばっていて、冷たいブルーの瞳、背筋がぴんとして、字の美しさは折り紙つきだった。ディンジーは最初、ドロシーのことが少しこわかった。すごく厳しそうだったし、雑誌で見た『オズの魔法使い』の「西の悪い魔女」に——というか、それを演じたマーガレット・ハミルトンに——ちょっと似ていたからだ。

でも、それも長くは続かなかった。

「ここでは絶対にくしゃみしてはいけないのよ」初日の朝、ドロシーはディンジーにそう言った。「なぜだかわかる?」

ディンジーは首を横に振った。

「ここはノン・ハ、ハクションのコーナーだからよ！」ドロシーのいかめしい顔が豪快に笑みくずれた。

ディンジーはうーんとうなった。「オッケー、じゃあね」しばらくして言った。「ミッキーマウスはどうやって分類するか、知ってる？」

ドロシーは首をかしげた。「くやしいけど降参」

「チュ、チューイ分類法！」

横でブライズがチッチッと舌を鳴らしたが、ドロシーは大笑いして、いらい二人は大の仲良しになった。

三人は日の降り注ぐ広い部屋を競技場がわりに「アイ・スパイ」や「二十の扉」などのゲームを日がな一日くりかえし、ディンジーはそうやって遊びながら自然と書架のどこに何があるかを覚えていった。夜、夕食が済むと、こんどは神経衰弱やスクラブルをして、一度などはトランプのラミーの得点を八進法でつけてみたこともあった。

ディンジーはナポレオンの宮廷に座り、ティンブクトゥのそばのジャングルをさまよい、騎士たちの円卓にしょっちゅうお呼ばれした。イギリスの歴代の王さますべてを知り、「あずまや《パーゴラ》」と「フォリー」の違いを知った。百十二の羊の品種を覚え、なかでも「バルバドス・ブラックベリー」は語感が気に入って何度も何度も口に出して言ってみたけれど、ふだんの会話に混ぜこむのにはひどく苦労した。いちど、親しみをこめてではあったけれど、うっかりブライズのことを「ペルシャン・オオジリ」ヒツジと呼んだら、お仕置きに夕食抜きで部屋で謹慎させられてしまった。

⟆

時間についての覚え書き――

図書館の中では時間は自在に伸び縮みした。（面白い本がある場所というのはだいたいそうだ。座って本を開いて、ほんの二十分ほど読むつもりが、気づくとあたりはすっかり暗くて、そのあいだの時間はいったいどこに消えてしまったのかと途方に暮れることになる。）

その結果、ここでは今日が何曜日なのか誰もちゃんとは知らなかったし、今が何月で何年なのかをめぐってさえ、しばしば意見がくいちがった。これに関しては、いちおう受付カウンターの日付スタンプを管理しているマリアンが権威ということになっていた。けれども彼女は夕食のあとにカクテルをたしなむ癖があり、スタンプのあの小さな歯車をもう回したかどうか、次の日の朝思い出せないことがよくあったし、回し忘れが何度あったかもわからなかった。だから帳尻を合わせるために、あらかじめ一日、二日進めておいたり、逆に三日遅らせたりということがしょっちゅうだった。

ある日の夕方、〈児童書コーナー〉のオリーブのところで『大草原の小さな町』を読んでいたディンジーが、ふいに本から顔をあげて言った。「わたしの誕生日って、いつ？」

オリーブは考えこんだ。なにしろ時の流れが不確かだったから、祭日の祝いごともしごくいいかげんだった。「さあ、どうかしら。なぜ知りたいの？」

「この本の中で、ローラがお誕生会に行くんだけど」そう言ってディンジーは本を上げてみせた。「それがとっても楽しそうなんだ。だからわたしもそういうのがやりたいなって思って」

「そうできたら楽しいわねえ」オリーブも言った。「じゃあお夕食のときにみんなに訊いてみましょう」

「ディンジーの誕生日？」数時間後、テーブルに料理を並べながらハリエットが言った。「ええと、ちょっと待ってよ」そうして指を折って数えはじめた。「マリアンのスタンプによれば、あなたが来たのは四月だった。そしてそのとき生後九か月ぐらいだったから……」それから口をぎゅっと結んで指折り数えた。「きっと七月生まれよ！」

「でも、誕生日はいつなの？」ディンジーがじれったそうに言った。

「それは難問だ」スープをよそいながらイーディスが言った。「知る手だてがないものね」オリーブも言った。

「七月五日っていうのはどう？」まるで議題を提案するようにブライズが言った。ブライズは何を数えるのも五刻みだった。

「だったら四日よ」とドロシーが言った。「独立記念日の日。覚えやすいでしょ？」

ディンジーは肩をすくめた。「じゃ、それでいい」『大草原』のなかではもっと簡単だったのにな、と思いながら彼女は言った。「それっていつなの？　もうすぐ？」

「たぶんね」ルースがうなずいた。

何週間かして、司書たちはディィンジーのために誕生パーティを開いた。ハリエットがピンクのアイシングのかかったスパイスケーキを焼いた。上に赤いひも状のリコリスで「ディィンジー」と書いて、iの字の上の点のかわりにレモンドロップを（やや古びてはいたものの）飾った。他のみんなは、めいめい心のこもったプレゼントを用意した。手作りのものも多かった。

ブライズからは、デューイ十進分類法の暗記カード。

ドロシーからは、パズル・ブック。（〝除籍〟のスタンプが何度も押してあるので、ディィンジーは心おきなくページに直接書きこむことができた。）

ルースからは、オレンジとグリーンのもこもこした手編みのセーター。

オリーブからは、一九三九年の万国博覧会のスノードーム。

イーディスからは、懐中電灯――夜中にディィンジーが図書館の中で迷子にならないように、そしてもう二度とごみ箱を蹴倒さないように。

マリアンからは、貸出カードのポケットで作った、紙の指人形ひとそろい。（手描きの人物はもちろんすべて本にまつわる人々で、どの人も判で押したようにでっぷり太っていかつかった——ネロ・ウルフに修道士タック、サンタクロース、それにガートルード・スタイン。)

けれどもディンジーのいちばんのお気に入りは、図書館にお願いした二つめのプレゼント——箱入りのクレヨンセットだった。(カウンター備えつけのエンピツで灰色の絵ばかり描くのに、もうすっかり飽きてしまっていたのだ。)図書館が出現させたのは「クレヨラ」のクレヨンセットで、おなじみの黄色と緑の外箱に〈特大《ライブラリー》セット〉と書かれていた。開くと中にはディンジーの世界の色があった。事典のえび茶、革の茶色、ペプラムのベージュ、『リーダーズ・ガイド』の緑、『ワールドブック百科事典』の赤、図書目録カードのクリーム色、日付スタンプの紫、パラティーノ書体の黒。

その七月四日は、ディンジーにとって特別な誕生日になった。ただしマリアンの日付の勘定はどうにも眉唾だった。あの夜、ハリエットがケーキの最初の一切れを切りわけていたとき、窓の外には雪がしきりに降っていた。ディンジーがそう言うと、まあきれいだこと、とみんなも言った。でもこの季節にしては珍しいわねえ。

ほどなくディンジーは、すべての惑星とその月について知った。（そしてそれからひと月のあいだずっと「ウンブリエル」と名乗りつづけた。）ほっぺたをふくらませて細かな紙くずを吹き飛ばし、「シロッコ」とつぶやいた。「チヌーク。ミストラル。ウィリーウィリー」。そうしてビューフォート風力階級表と見くらべて、一つひとつの風の強さを計測した。けれども〝ハリケーン・ディンジー〟が、ドロシーがテーブルの上に並べていた複雑なトランプ占いをごちゃごちゃにしてしまったために、この風ごっこはあえなく強制終了となった。

ディンジーはあっちでフラクタル構造に、こっちでワイン樽の製法にと首をつっこんだ。一つの主題に飽きると――あるいはこれは自分向きではないと気づくと――ブライズかドロシーが笑顔で帽子を差し出した。深緑色のフェルト帽の中には001から999まで番号を振った九百九十九の短冊が入っていた。ディンジーはぎゅっと目をつぶって一つを選びだすと、借り物競争みたいにその番号の書架に行き、午前中いっぱいを

（あるいはそれから三週間を）そこで過ごした。

「パンゴリン（穿山甲《センザンコウ》）」は599（・31）に、「パンケーキ」は641に住んでいた。「鉛筆《ペンシル》」は674だけれど「ペン」は一つ離れた681の棚、そして「インク」は通路の向かいの667だった。（ディンジーはこんなの馬鹿げてると思った、だって使うときはいっしょなのに。）惑星の「プルート」は523だったけれど、ディズニーの犬の「プルート」は791（・453）の、「ロックンロール」や「カズー」のそばだった。

どの情報もすごく有益だった。でもディンジーに言わせると、分類も行きすぎると逆効果なんじゃないかという気がした。

はじめて休憩室に置いてあるものを自分からすすんで整理しなおしたとき、ディンジーは内心大得意だった。戸棚にあった全員のティーカップを、持ち手のカーブの向きをそろえてきちんと整列させ、小さな木のラックのスパイス類を並べなおしたのだ――アニス、ベイリーフ、チャイブ、ディル、ペッパーコーン、塩《ソルト》、ゴマ《セサミ》、砂糖《シュガー》。

「ほら見て」紅茶の葉を取り替えにきたブライズにディンジーは言った。「〝混沌《カオス》から秩序へ〟、だよ」これはブライズが好んで口にする格言だった。

ブライズはほほえんで、スパイスラックに目を向けた。その顔からすうっと笑いが引き、悲しげに首を振った。

「いけなかった？」ディンジーは言った。てっきり褒《ほ》めてもらえるとばかり思っていたのだ。

「なるほど。アルファベットを使ったのね」ブライズはため息まじりに言った。「責めてるんじゃないのよ。あなたは長いことオリーブといっしょにいたんだものね。でももう大きくなったんだから、正しい秩序を覚えないとね」ブライズは塩の入ったジャーを手に取った。「じゃあ、まずは手はじめに塩」彼女は冷蔵庫の横に吊るした小さな黒板に〈塩〉と書き、その横に〈553・632〉と書いた。「これは553の632。なぜかというと――？」

ディンジーはちょっと考えた。「地球科学だから」

「よくできました」ブライズはにっこりした。「塩は鉱物だものね。でも、じゃあチャイブは？　チャイブは園芸作物だから……」

ディンジーは唇をかんで懸命に考えた。「63……ええと」

「上等よ」ブライズはまたほほえんで、黒板に〈チャイブ　635・26〉と書いた。

「ね？　だからチャイブは必ず塩のあとじゃなくちゃいけないの」

ブライズが背を向けて、八つあるスパイスの陶器のジャーを並びかえはじめると、ディンジーはあきれたように天井をあおいだ。

イーディスが戸口のところに現れた。

「あーあー、まただ」と彼女は言った。「どうりでここのキッチンは物が見つけにくいと思った。何度も言ってるでしょブライズ、いちばん最初はベイリーフだって。QK－49……」イーディスは若いころ大学の図書館で働いていた。

「議会図書館分類法。は、ちゃんちゃらおかしいわ」ブライズが聞こえるように言った。「ここはそういう図書館じゃないでしょう」

「だからといって、不正確が許されるわけがないわ」イーディスも言い返した。一つのジャーを二人が両側からがっちりつかみ、互いににらみあった。

ディンジーはそうっと部屋を出て814の棚まで行き、ルイス・キャロルの「ジャバウォックの詩」を読みながら、嵐が過ぎ去るのを待った。

それでもキッチンではたえず分類学上のバトルが勃発した。週に一度は、誰かがアールグレイに砂糖とまちがえてディルを入れて怒ってぺっぺっと吐き出すのを、ディンジーは笑いをこらえて眺めていた。

どこに何があるかをひととおり学ぶと、ディンジーは図書館の中をどこでも自由に歩いていいと言われた。

「どこでも？」彼女はブライズに訊いた。

「そうよ、どこでも。〈書庫〉以外はね。あそこはまだあなたには早すぎるの」

ディンジーはふくれっ面をして「早くないもん」と小声で言った。でも〈書庫〉には鍵がかかっていたので、どうすることもできなかった。

彼女は、ある日は〈児童書コーナー〉のオリーブを訪ねて昔なつかしい友人たちと再会し、〈一般開架室《メインルーム》〉の迷路を探検した。べつの日には〈資料室〉に入りびたった。そこにはルースとハリエットが厳重に守っている大きくて貴重な本がいくつもあって、図書館が開いていた時代でさえ、何ぴとたりとも絶対に借り出すことは不可能だった。

ルースとハリエットは、まるでべつべつのガレージセールで買ってきた塩入れとコショウ入れのペアみたいだった。ハリエットはくすんだオレンジ色の髪で、細い、柔和な顔をしていた。小さくやせて尖っていたけれど、しなびたお婆さんというにはまだまだほど遠かった。すみれ色の瞳に、いつもいたずらっぽい笑いを浮かべていて、〈止まれ〉の道路標識みたいな八角形の縁なし眼鏡をかけていた。ディンジーは本物の〈止まれ〉の標識を見たことはなかったけれど、写真で見て知っていた。

ルースはチャイニーズだった。ネオンみたいに派手な色のウールの格子柄のジャンパーを着て、猫の目みたいに先のとがった眼鏡をビーズのチェーンで首から下げていた。といってもそれをちゃんとかけることはせずに、物を見るときには、つるを閉じたまま目のところまで持ってきて、レンズ越しに透かし見た。

「人生は宝探し」ハリエットは言った。

「知識は力なり」ルースは言った。「何を調べればいいかを知ってれば、勝ちは半分手に入ったようなものよ」

「お楽しみの半分は、でしょ」とハリエットがつけ加えた。ルースはいつもハリエットにいいところを持っていかれた。

二人はディンジーに、辞書や年鑑や百科事典や要綱への扉を開いた。広大な書物の砂漠で水脈のありかを案内する現地ガイドとして長年働いてきたルースとハリエットだったが、その二人から見てさえ、ディンジーの深掘りのしかたは少々常軌を逸していた。

「ねえディンジー、ちょっとは休んだら？」ある日ルースはそう言った。「そろそろお茶の時間だし」

「うん、すごく疲れちゃった」ディンジーは『ロジェ類語辞典』から顔を上げて言った。「くたびれた、疲労した、へたばった、大儀である。お茶はうれしいな。ありがたい、好ましい、願ってもない……」

「お湯、わかしてくるね」ルースはため息をついた。

『バートレット引用句辞典』を、ディンジーはまるで会話のカタログのように読み、テニソンやマーク・トウェインやデール・カーネギーの名言を次から次へと吐き出すので、しまいにハリエットは両手で耳をふさいで『天国への階段』をハミングしだした。

月に一度か二度ほど——たいていブライズの口から三度めの「まあ、あの子はほんとに元気がいいこと」が出たあたりで——司書たちが夜の仕事をお休みにして〝図書館のご用〟なるものをやりに行く晩があった。そういう日、ディンジーはオリーブかドロシーに早めに寝かしつけられ、お気に入りの本を読んでもらい、ルースがくれる寝る前の飲み物を飲んだ。さくらんぼのような、ワニスのようなにおいのするスパイスティーで、なぜかいつも最後まで飲みおえた記憶がなかった。

休憩室の壁に貼ってある（いろいろな筆跡のいりまじった）リスト――

〈図書館に住む人が守るべき十のルール。

1．〈閲覧室〉のテーブルでシャッフルボードをするべからず。
2．本のページに「折り目《ドッグ・イヤー》」をつけないこと。しおりはプレゼントにも最適。
3．本に書きこみをしない！　エンピツもだめ。クロスワードや点をつなぐ本だって、れっきとした本です。
4．ブックカートはスクーターじゃない。
5．図書館糊は食べ物ではありません。
（余白に子供の字で――「ほんとです！　地ごくのクリームスープみたいな味がするの」）
6．自分のバナナのしるしに日付スタンプを押すのは論外。
7．書棚はジャングルジムではありません。

8．P－Qの引出し（どの引出しでも）の中身を床にばらまいて〝982枚拾いゲーム〟をしちゃいけません。
9．貨物エレベーターに乗っていいのは本だけ。遊園地の乗り物じゃありませんことよ。
10．音を響かせたくて『ブリタニカ』を階段から落とすの禁止。〉

八人はちぐはぐな、でも満ち足りた家族だった。もちろん守るべきルールはあったけれど、ディンジーはみんなからたっぷり愛情を注がれた。七人の母親たちのうち、誰かがいつも話を聞いてくれ、涙をふいてくれ、寄り添ってしみじみ語らった。

夜はたいていドロシーが〈閲覧室〉の暖炉に火をおこし、ゆらめく光に木の書架が輝くなか、全員がただ静かにそこで過ごした。ルースは編み物をし、ハリエットはぶつぶつ口の中でつぶやきながら戯詩《アクロスティック》を作り、イーディスはココアに膜が張らないようスプーンでかきまぜた。ディンジーはいつもラグの上に座り、その週いちばんお気に入りの誰かの膝にもたれかかり、ぬくぬくと愛に包まれ、安らいでいた。まさにブライズの言う〝神は天におわしまし、世はすべて事もなし〟だった。

それでも天井まで届く窓の、鉛枠ガラスの向こうで雲間に見え隠れする月を見あげて、ディンジーはよく考えるのだった。何にもじゃまされずに空のぜんぶを見ることができたら、いったいどんな気分だろう、と。

し

ディンジーの髪は黒くて量が多く、何週間かに一度、前髪が目に入らないように本の修理用のハサミで切りそろえるのは、最初はオリーブ、途中からはドロシーの役目だった。だが図書館に来て十年が過ぎたころから、ディンジーは自分で髪を切るようになった。おかげで玄関の外のイバラの茂みみたいにぎざぎざの、手に負えないヘアスタイルになった。

変化はそれだけではなかった。

「あの子、もう何週間も朝食に姿をみせないじゃない」スコーンにバターを塗りながら、ある朝、ハリエットが言った。

「何か月もよ。それに最近サリンジャーしか読まないのよ。でなきゃシルヴィア・プラス」ドロシーがこぼした。「べつにいいんですけどね。でも、読みおわったあとの本を、あんたが戻せと言わんばかりに机の上にほったらかしにしておくんだから」

「オリーブなんかもっと気の毒」とマリアンも言った。「先週『黄金の羅針盤』が新着で現れて、きっとディンジーが気に入るだろうと思って渡したの。なのにあの子、見向きもしないばかりか、『ほっといてよ。自分の読む本ぐらい自分で探せるんだから』だって。信じられる？　かわいそうに、オリーブはすっかり落ちこんじゃって」

「昔はあんなに素直だったのに」ブライズがため息をついた。「どうしたものかしら」

「まあまあ、そういうお年頃なのよ」イーディスは落ちついていた。「もう子供じゃないってこと。プライバシーだって欲しいし、自立もしたいのよ。わたしにちょっと考えがあるの」

こうしてディンジーに自分専用の部屋が――ちゃんとドアのある部屋が――与えられた。二階の端っこの、穴ぐらみたいに狭い元事務室だったが、部屋の中にカーブした細い階段がついていて、鋳鉄製の、百合や小枝の装飾のあるその階段を上っていくと、赤い瓦屋根のあいだに突き出た小塔《テュレット》の中に出た。

円い形の塔は、ディンジーのベッドを置くとちょうどいっぱいになるほどの広さで、四方に窓がついていた。かつてはそこから町を見おろせたものだが、今ではすっかり木々やツタにおおわれて、その隙間から射しこむジグソーパズルのピースのような光が、木の床にまだらな陽だまりを作った。夜になるとその陽だまりは青く輝く月の光に変わり、永遠に手の届かない魔法を思わせた。

下の階のデスクの上、黄色いランプの光の輪のなかに、イーディスの字でメモが残してあった。〈わたしの部屋に来て。本の修理を手伝ってほしいので〉——それに添えて、すり減った真鍮の鍵が置いてあった。木の札にはひと言〈書庫〉の文字が、ステンシルで刷られていた。

〈書庫〉は地下にあった。600の棚のところから鉄のらせん階段を下りたところにある、鍵のかかった格子扉の向こう。そこを見るたびディンジーは『王さまとたけうま』の地下牢に通じる階段を思い出した。地下に広がる暗闇は危険で恐ろしかったが、同時にわくわくもした。未知の領域《テラ・インコグニタ》だ。

最初の日、ディンジーは鍵を使わなかった。次の日も。本の修理？　ふん、つまんない。けれども三日めの夕方、とうとう階段を下りてみることにした。格子扉の前までは何度も来たことがあった。禁じられていたから、よけいに惹《ひ》きつけられた。そうして鉄格子の向こうの薄暗い電灯に照らされた書架を透かし見ては、あそこにはどんな宝物が隠されているのだろうと想像をめぐらせたものだった。

それまでずっと、〈書庫〉は寒くてじめじめして、図書館で使わなくなったガラクタが所狭しと置かれているような場所だろうと思っていた。でも実際はひんやりと乾いて、上の階とは全然ちがう匂いがした。埃っぽくて、カビと古びた革の香りがうっすら混じっていて、そこに古靴の中に入れておいた酢みたいな匂いがかすかに潜んでいた。

〈書庫〉は、磨きこまれた床と広々とした高い天井に囲まれた上の階とは何もかもがちがっていた。狭くて天井が低くて、壁いっぱいを埋めつくす暗灰色の書棚のあいだを細い通路が走っている。〈書庫〉は全部で七層あって、下は地下から、上は図書館の屋根のすぐ下まで、西側の壁の裏いっぱいを、秘密の迷路のように折れ曲がりながら満たしていた。床と階段は半透明のガラスのブロックでできていて、二メートル弱の低い天井には配管やダクトが走り、一本の通路につき裸電球が二つ下がっているきりだった。

それは窓のない本の要塞だった。図書館のほうの書架では、さまざまな色や大きさの本がモザイク模様を描いていたが、〈書庫〉の棚に並ぶのは、みんな同じ形をした地味な単色のブロックばかりだった。八十冊の深緑色の『レディース・ホーム・ジャーナル』の合本が五段ぶんの棚を埋めているかと思えば、その隣には同じくらい大きな暗赤色の『ライフ』のブロックが並んでいた。

ディンジーは別世界に迷いこんだような気分になった。道に迷ったわけではない。でも生まれてはじめて誰の目も届かないところに身を置いて、それが彼女を楽しませた。誰にも見られずに腰をおろし、まわりじゅうで繰り広げられる図書館の営みに耳を傾ける。第三層では、壁の向こうの〈資料室〉でルースが歌う鼻唄が聞こえた。距離にすれば一メートルと離れていないのに、何キロも遠くのできごとのように思えた。ディンジーは〈書庫〉をあちこち歩きまわり、棚のものを読み、そうして一か月が経ったころ、やっとイーディスの仕事場を訪れた。

黒っぽい木のドアにはめこまれた曇りガラスの窓には、はげかかった金文字で〈補修室〉と書いてあった。ドアは細く開いていて、その向こうに細長い作業台が見えていた。綴じ跡のある紙や、革の切れ端や、糸巻、薄茶色の糊の入ったボトルなどがその上にごちゃごちゃと散らかっていた。

「もうすっかり勝手がわかったみたいね」椅子から振り返らずにイーディスが言った。

「捜索隊を出す手間がはぶけてよかったわ」

「うん、すっかりね」とディンジーは言った。「古い雑誌を読んでいたの」そう言って、ドアの左にある椅子に腰をおろした。

「わたしもあれは大好き」とイーディスが言った。「昔にタイムトラベルしたみたいな気分になれるから」イーディスは背が高く筋肉質で、白髪まじりの長い髪をお団子やねじった三つ編みに複雑に結い、それをHBのエンピツと鼈甲《べっこう》の櫛で留めていた。ジーンズに、くすんだ色が美しく混ざった――淡い青緑、ラベンダー、ダークローズ――ベストを着て、粗い楕円にカットしたラピスラズリのネックレスをしていた。

破損した本を修理するのがイーディスの仕事だった。今はもう図書館の外に出ていく本はなかったから、それほどたくさん仕事があるわけではなかった。けれどもここには一八七〇年ごろにまでさかのぼる新聞や論文の摘要や雑誌の合本があって、そういうのは革の表装がぼろぼろに崩れかけていた。最初の年のディンジーの仕事は、〈書庫〉の七つの層の通路を一つひとつ見てまわり、緊急に修理を要するものを見つけだすことだったった。イーディスからクリップボードを渡され、ときどきチェックするように言われたのだ。

ディンジーは古い本をいったんばらばらにして、また元どおりにするやり方を覚えた。

はじめて手がけた大きい仕事は、ひどく傷《いた》んだ一八七七年版『アメリカン・ナチュラリスト』誌を――「ノミの調教」とか「フジツボ」とか「温度計としてのコオロギ」などという記事が載っていた――修理することだった。彼女はページの折り丁《ちょう》を縫いなおし、革とマーブル模様の紙で表装をした。余った切れ端で好きなものを作っていいとイーディスに言われたので、その年のクリスマスには、みんなの好きな本のミニチュアのレプリカを作ってプレゼントした。

ディンジーはこの仕事を気に入った。手を動かして何かを作るのは楽しかった。忍耐と集中を要したけれど、ふしぎと心が安らいだ。夕食が済むと、ディンジーとイーディスはよく夜更けまで何時間もおしゃべりをした。作業台には二人ぶんのココアのマグカップ。図書館は二人の頭上で暗く静まりかえっていた。

「外って、どんなところ?」ある夜、糊が乾くのを待っているときに、ディンジーはそう訊いた。

イーディスはしばらく黙っていた。あまり長いこと返事がないので、聞こえなかったのかなと思い、もう一度質問をくりかえそうとしたら、イーディスが言った。

「混沌《カオス》ね」

想像もしていなかった答えだった。「どういう意味？」

「騒がしいし。ごちゃごちゃしているし。何もかもが変わりつづけていて、予想がつかないところよ」

「それってなんだか楽しそうだけどな」ディンジーが言った。

「ふうむ」イーディスは少し考えた。「そうね。そうなのかもしれない」

ディンジーは革の切れ端をもてあそび、指でひねりながら、じっと考えた。「外が恋しくはならない？」

イーディスは椅子をめぐらせてディンジーをまっすぐ見た。「めったには」とゆっくり言った。「思ったほどは恋しくならなかった。でも、わたしは人よりうんと秩序が好きだから。この世のどんなものよりも好き、と言ってもいいかもしれない。ここがわたしの居場所なのね、きっと」

ディンジーはうなずいて、ココアをひと口飲んだ。

数か月後、ディンジーは図書館に三つめの、そして最後の願いごとをした。

何もかもが変わることになるその夜、ディンジーは自分の部屋で肘掛け椅子に座って、トロロープの『あなたは彼女を許せるか?』を(もうこれで三回めに)読みながら、グレンコーラとお話しすることができたらなと考えていた。そこに遠慮がちなノックの音が響いた。

「ディンジー? ディンジー?」聞きなれた小さな声がした。「わたしよ。オリーブ」

ディンジーは十四章に〈READ!〉と書かれたしおりをはさむと、「どうぞ」と言った。

ネルのガウンにくたびれた絨毯《じゅうたん》スリッパをはいたオリーブが、とことこと入ってきた。また何か本をもってきてくれたのかと思ったが、オリーブは言った。「わたしといっしょに来てちょうだい」ブルーの瞳が興奮に輝いていた。

「どうして?」オリーブとは、つい二、三日前にもいっしょに『お気に召すまま』を楽しく読みおえたばかりだったが、今夜は何も約束した覚えがなかった。もしかしたら、ただ寂しかったのかもしれない。〈児童書コーナー〉で夜をオリーブといっしょに過ごそう過ごそうと思いながら、もう何か月も行きそびれていた。

だがオリーブは意外なことを言った。「〝図書館のご用〟よ」そう言って、笑いながら人さし指を左右に振った。

ディンジーの胸はおどった。これまでずっと、司書たちだけで集まって何かするときには、みんなきまって夕食のあとに〈書庫〉に消えてしまうのだった。理由を訊いても答えてくれず、ただ「〝図書館のご用よ〟」と口をそろえるばかりだった。小さいころは、よくこっそり跡をつけた。でも静かな場所で気づかれずにいるのは至難の業で、けっきょくはいつも見つかって、あの変な味のさくらんぼティーを飲まされた。次に目が覚めると、もう朝だった。

「〝図書館のご用〟?」ディンジーはゆっくり言った。「わたしもそれに行っていいの?」

「そうよ。あなたももう人人だもの。そろそろわたしたちの仲間入りをしてもいいころね」

「オッケー」ディンジーは内心の興奮を隠して、そんなのべつに大したことじゃない、というように肩をすくめた。それに、本当に大したことじゃないのかもしれない。ただの図書館運営上の会議だったり、３４０の棚をまた窓の反対側に移す相談だったりするのかもしれない。でも、もしも本当に特別なことだったら……？　そう思うとわくわくしたし、少しこわくもあった。

ディンジーはスリッパに足をつっこむと立ちあがった。オリーブの背は彼女の膝のあたりまでしかなかった。その白い頭に、彼女はやさしく手を置いた。かつてはよく彼女のやわらかい膝の上によじのぼったものだった。それももう遠い昔のことだった。

夜の図書館は静かだが、音がよく響く。壁に取りつけたランプの灯を頼りに玄関に向かう階段を下りていくと、一段ごとに自分の足音が小さくこだました。二人は〈メインルーム〉の書架の影の中を通って６００の棚のところまで行き、うつろな足音を響かせながら、鉄の階段を〈書庫〉まで下りていった。

地階は暗く、ぽつんと一つだけ灯ったケージ入りの電球が、その真下にある『ナショナル・ジオグラフィック』の黄色い背を薄闇にぼんやり浮かびあがらせていた。オリーブは通路を左に曲がった。

「どこに行くの？」ディンジーが言った。ここにオリーブといっしょにいるのは、なんだか変な気分だった。

「今にわかるわ」オリーブは言った。暗闇のなかで彼女が笑うのを肌で感じた気がした。「今にね」

オリーブは先に立って、退屈な市議会の議事録の通路を突き当たりまで進むと、石の壁にある掃除用具入れの扉の前で止まった。そしてガウンのポケットから長くて古めかしい鍵を出すと、ディンジーに渡した。

「あなたが開けてちょうだい。わたしの背では届かないから」

ディンジーは鍵を見、扉を見、また鍵に目を戻した。小さいときからずっと〝図書館のご用〟についてあれこれ想像をふくらませてきた。いろんなシナリオを考えたけれど、そのなかに掃除用具が出てきたことは一度もなかった。月に一度のポーカー大会。秘密のトンネルを通り抜けて、町で十二人の踊るお姫さまみたいに踊り明かす。それか、禁じられた書物を読む秘密の読書会。でも、わたしが招待されたこれは何？　もしただのお掃除だったら、本当にがっかりだ。

彼女は鍵を穴に差しこんだ。「なんだかふしぎ」それを回しながら言った。「ずっと前から考えてたの、もしも――」そのあとは言葉にならなかった。開いたドアの向こうにあったのはモップやバケツや洗剤のボトルではなく、古いハチミツの色の木の板を張った小さな部屋だった。美しい暗赤色の東洋の敷物が寄せ木細工の床に敷かれ、何十というロウソクの灯が部屋じゅうを輝かせていた。書架も本もなく、ただ一方の壁に小さな暖炉があって、火床に薪がパチパチはぜていた。

「サプライズ」オリーブがささやいた。そしてディンジーをそっと部屋の中に引き入れた。

他の司書たちは、一人ひとりがちがう色のたっぷりとしたローブを着て、彼女を待っていた。それぞれの後ろには、褐色の木に柔らかそうな茶色の革を張ったクラフツマン様式の揺り椅子が一脚ずつあった。

イーディスが進み出てディンジーの手を取った。それを優しく握りながら、ささやくように言った。「こわがらないで」そしてウィンクすると、ディンジーを空いていた椅子の前に導いた。「ここに立って」と言うと、ふたたび自分の椅子に戻っていった。

ディンジーはあっけに取られて口を閉じるのも忘れていた。頭の中はまるで万華鏡だった。

「ようこそ、いとしい子」とドロシーが言った。「あなたをわたしたちの仲間として迎えます」顔は真剣だったが、目はきらきら輝いていた。まるでひどく下手くそななぞなぞを思いついて、早く言いたくてしかたがないとでもいうように。

ディンジーははっとした。さっきもオリーブがまったく同じことを言っていた。彼女は不安になった。これから何が起こるのかわからなかったし、自分がどうするべきなのかはもっとわからなかった。

「まず自己紹介をするわね」ドロシーが目を閉じて、高らかに唱えた。「わが名はレクシカ。図書館に仕える者」そして一礼すると、椅子に座った。

ディンジーは目を見開き、頭の中をぐるぐるさせながら、司書たちが何度となくやってきたであろう儀式にのっとって名乗りをあげるのを、ただ黙って見つめていた。

「わが名はジュヴニリア」オリーブがはずむ声で言った。「図書館に仕える者」

「インキュナブラ」イーディスが言った。

「サピエンシア」ハリエットが言った。

「エフェメラ」マリアンが言った。

「マージナリア」ルースが言った。

「メルヴィラ」とブライズが言って、ディンジーにほほえみかけた。「そして、わたしも図書館に仕える者」

そうして全員が座り、ディンジーを見あげた。

「ディンジー、あなたはいくつになった？」とハリエットが訊いた。

ディンジーは眉を寄せた。見かけほど簡単な質問ではなかった。「十七歳」しばらくしてそう言った。「たぶん、それくらい」

「もう子供ではないわね」ハリエットがうなずいた。声にかすかに寂しさがにじんでいた。「だからわたしたちは今夜こうして集まったの。あなたに仲間になってもらうために」

ハリエットの重々しい声の響きに、ディンジーはきゅっと胃がちぢこまるのを感じた。

「よくわからない」彼女はおそるおそる言った。「どういう意味？　だってわたし、ずっとみんなといっしょにいたじゃない。それこそ、生まれてからずっと」

ドロシーが首を振った。「あなたは図書館の中にはいたかもしれないけれど、図書館と一つではなかったの。今までのあなたは、言ってみれば見習い中だった。でももうわたしたちがあなたに教えることは何もなくなった。だからあなたにも図書館名を名乗って、わたしたちの仲間になってほしいと思っているの。図書館に仕える者は、つねに七人いなければならないから」

ディンジーは部屋の中を見まわした。「だって、もう七人いるのに？」早く知りたくもあったけれど、その時を先延ばしにしたくもあった。

「いいえ」とオリーブが言った。「あなたには、わたしの代わりになってほしいの。わたしは引退するつもりだから。最近ではもう二番めの棚にも手が届かなくなってしまったし、じきに辞書よりも小さくなってしまうでしょう。そろそろお休みして、暖炉のそばでのんびりしたいわ。ずいぶん長く働いてきたし」そう言うと、決意したようにうなずいた。

「まあまあ、あなた」とブライズが言った。「本当にお疲れさま」

静かな賛同の声が部屋じゅうに満ちた。

ディンジーは一つ深呼吸をし、もう一つ深呼吸した。そして期待に満ちた七人の司書たちの顔を見まわした。自分がこの世で唯一知っている母親たち。みんなのことを愛していた。なのに、この人たちの期待を裏切らなければならない。ディンジーにも一つ、秘密があった。彼女は目を閉じて、みんなの顔を見ないようにした――すくなくとも今はまだ。

「オリーブ、あなたの代わりにはなれない」静かにそう言った。泣きそうになるのを必死にこらえたせいで、声がふるえた。

司書たちは驚きに息をのんだ。ルースが最初に気を取り直した。「それはそうよね。誰もオリーブの代わりになってほしいと言っているわけではないの。わたしたちはただ――」

「わたし、みんなの仲間にはなれません」ディンジーはもう一度言った。あいかわらず静かな声だったが、前よりも自信に満ちていた。「今はまだ」

「でも、どうして?」ブライズも、今にも泣きだしそうな声だった。

「花火」しばしの沈黙のあと、ディンジーは言った。目を開いた。「662・1」そしてブライズに向かってにっこりした。「わたし、花火のことならどんなことでも知ってる。でもまだ一度も見たことがないの」彼女は一つひとつの顔を順番に見まわした。「犬をなでたことも、自転車に乗ったことも、海から昇る太陽を見たこともない」彼女の声はしだいに力強さを増していった。「わたしは風を肌で感じたいし、お祭りでアイスクリームを食べたい。春の夜にジャスミンの香りをかいでみたい、オーケストラの演奏を聴いてみたい。わたし――」そこで口ごもり、でも先を続けた。「それにわたし、男の子とダンスがしてみたい」

それからドロシーのほうを見た。「さっき、みんながわたしに教えられることはもう何もないって言ったでしょう。そのとおりなのかも。わたしはあなたたち一人ひとりから、この世界に本で知って、本で探検できないことは一つもないことを教わった――ただ一つ、世界を除いては」最後のほうは、ささやき声だった。涙が目の奥にこみあげてきた。「みんなは図書館を選んだ。でも、世界を知らないまま図書館を選ぶことは、わたしにはできないの」

「行ってしまうの？」ルースが声をつまらせた。

ディンジーは唇をかんでうなずいた。「わたし、あの、わたし――」もう何日も練習してきたのに、実際に口にするのは思ったよりずっと難しかった。ディンジーはうつむいて自分の手を見つめた。

救いの手をさしのべたのはマリアンだった。

「ディンジーは大学に行くの」と彼女は言った。「あたしが昔そうしたように。あなただって、あなただって、あなただって」彼女は一人ひとりに指を向けた。「あたしたちみんな、司書になる前は一人の女の子だった。覚えているでしょう？　だから今度はこの子がそうする番」

「でも、どうやって……？」イーディスが言った。

「いったいどこから……？」ハリエットが口ごもった。

「図書館にお願いしたの」とディンジーが言った。「そうしたら、英語辞典の中に願書がはさまってた。書き方はマリアンが教えてくれた」

「なんたってあたしは貸し出し係ですからね」とマリアンは言った。「入ってくるもの、出ていくものを見るのがあたしの仕事。先週、返却ボックスの中に入学許可書が入っているのが見つかったの」

「でも、証明書も何もないのに」現実的なドロシーが言った。「どこの高校に通ったことにしたの？」

ディンジーがにっと笑った。「それもマリアンが考えてくれたんだ。教育は家庭で受けたって言ったの。野生の司書たちに育てられましたって」


こうして九月のある晴れた朝、じつに何十年かぶりに、カーネギー図書館の重いオークの扉は開かれた。みんな戸口に立って、陽の光に目をしばたたいた。

「すぐに手紙を書いてね」とブライズが言って、ディンジーが腕にかけているバスケットにお菓子の袋を押しこんだ。

　他の司書たちもうなずいた。「待ってるわ」

「うん、そうする」とディンジーは言った。「でもどうかなあ、ここの〝すぐ〟がいったいどれくらいの長さか、よくわからないんだもの」何とか冗談めかそうとしたけれど、涙がこみあげて、心臓が早鐘のように打った。

「ねえ、きっと帰ってくるわよね？　いつまでも引退できないなんて、わたしいやよ」

貸出カウンターの上にちょこんと座ってオリーブが言った。

「うん、ときどきは」ディンジーが身をかがめてオリーブの頬にキスをした。「約束する。でも、ここに仕えるかどうか？　それはまだわからない。あの向こうでどんなものに出会うのか、まだ想像もつかないんだもの」彼女は目をあげて、図書館を囲む森を見た。「あそこから戻ってきて、またここに入れるのかどうかもわからないのに」

「これを持っていきなさい。あなたの図書館カード。これがあれば、いつでもまたここに入れるわ」マリアンが小さくて硬い厚紙のカードを手渡した。端のほうに金属板が貼ってあり、そこに彼女の名前が刻印してあった――〈ディンジー・カーネギー〉。

たくさんのハグがあり、涙があり、さよならがあった。でも最後に七人の司書たちは一歩下がり、彼女の出発を見送った。

ディンジーは、来たときと同じように世界に向かって出ていった――籐のバスケットとおとぎ話の本、それに胸いっぱいの夢と希望とともに。

編訳者あとがき

町で子供を見かけると、私はいつも少し緊張する。たとえその子が笑ったり元気に走りまわったりしていても、それはうわべだけのことなのではないか、この小さい体の中では本当はいま嵐が吹き荒れているのではないかと想像してしまう。それは兵士をまぢかに見るのに近い感覚だ。このお方はいま戦っておられるのだ。この人間界に登場してまだ日が浅く、右も左もわからぬまま、降りかかるさまざまな理不尽や難儀と格闘しておられるのだ。そう思うと、私はほとんど畏怖の念さえ感じてしまう。そして心の中でそっと（お務めご苦労さまです）と声をかける。敬礼する。

それなりに長く生きてきて、いろんな苦しいこと怖いこと恥ずかしいことはあったけれど、振り返ってみても、大人になってからより子供時代のほうがずっと難儀だった。ことに幼稚園は、まじり気なしの暗黒時代だった。人並みはずれて弱虫で泣き虫でヘタレだったうえに、「空気を読む」とか「暗黙のルールを守る」といった、ヒトとして生きていくうえでの基本スキルが私には欠けていた。何気なく言ったりやったりしたことで、著しく周囲の不興を買ったり驚かれたりということが日常茶飯事だった。当然そんな者が無事で済まされるはずもなく、毎日が荒波の連続だった。

そういうタイプの子供は往々にして文字の世界に救いを求めたりするものだ。たしかに子供向けに書かれた本の中には、私みたいなヘタレの子が主人公のお話も多かった。でも彼らはたいてい、冒険の末にかけがえのない友情を得たり、たいへんな試練に打ち勝ったり、自分を犠牲にして友だちを守ったりして、最後には輝きを与えられた。私はかえって絶望した。この子たちみたいにはなれないと思った。なんだか仲間に裏切られたような、置いてけぼりをくったような気持ちになった。

子供にまつわるアンソロジーを編むことになったときには、そんなことはすっかり忘れていたつもりだった。でもこうして並べてみると、ここに出てくる子供たちのほとんどは、孤独だったり、弱かったり、ひねくれていたり、卑怯だったり、とにかくただもう変だったりする。話の最後に輝きを与えられもしなければ、成長もしない。ただ、どの子供も、どの話も、読んでいてひりひりするほど「あのころ」のリアルさを（すくなくとも私にとっては）感じさせてくれる。

『コドモノセカイ』というタイトルは、私が通っていた幼稚園で配布されていた『こどものせかい』という月刊絵本からお借りした。正方形の薄い冊子に、短い言葉の添えられた美しい絵がたくさん載っていて、そのうちのいくつかは今でも鮮明に覚えている。暗闇の中で誰かがランタンを掲げていて、その周りに夜の虫がたくさん集まっている絵。よく見ると、蛾やカナブンやカゲロウに混じって、花や星や妖精や、現実にはないものまで飛びまわっていた。その絵を見たとき、とても安心したのを覚えている。変なことを考えたり見たりしてもいいんだと思った。毎月届く『こどものせかい』を私は心待ちにしていた。その正方形は私にとって、壁にあいた窓みたいなものだった。


以下、各作家を簡単に紹介する。

「まじない」のリッキー・デュコーネイは一九四九年ニューヨーク州生まれ。作家のほか、詩人、画家としても活動する。ロバート・クーヴァーやアンジェラ・カーターと親交があり、自身も実験的で幻想的な小説を数多く書いている。短編の翻訳に、「分身」（拙訳、『居心地の悪い部屋』角川書店収録）がある。

「王様ネズミ」のカレン・ジョイ・ファウラーは一九五〇年インディアナ州生まれのアメリカの作家。大学院で政治学を学んだが育児のために研究を断念、その後ダンスを、さらに創作を大学で学び、八六年にSF作家としてデビューした。ネビュラ賞、世界幻想文学大賞などSF、ファンタジー部門で多くの受賞歴があるいっぽう、純文学の書き手としても知られており、『ジェイン・オースティンの読書会』（矢倉尚子訳、白水社）は全米でベストセラーになり、映画化もされた。「王様ネズミ」は二〇一〇年の *What I didn't See and Other Stories* より。

「子供」のアリ・スミスは一九六二年スコットランド生まれでイギリス在住の作家。短編の名手として知られ、巧みな語りで現実と非現実の境界線を自在に行き来する作品を多く書く。長編作家としても評価が高く、*The Accidental*（2005）、*How to Be Both*（2014）が、それぞれブッカー賞の最終候補に選ばれた。日本語で読めるものには『ホテルワールド』（丸洋子訳、DHC）、「五月」（拙訳、『変愛小説集』講談社文庫収録）などがある。

「ブタを割る」と「靴」のエトガル・ケレットは、一九六七年テルアビブ生まれのイスラエルの作家。二〇一二年に発表した『突然ノックの音が』（母袋夏生訳、新潮社）がフランク・オコナー国際短編賞にノミネートされて注目を浴びた。映像作家としても知られており、妻のシーラ・ゲフェンと共同監督した『ジェリーフィッシュ』では二〇〇七年度のカンヌ映画祭カメラドールを受賞した。今回訳した二編は英訳版の *The Bus Driver Who Wanted to Be God & other stories*（2004）から採った。

「ポノたち」のピーター・マインキーは一九三二年ニューヨーク市生まれ。一九九三年に引退するまで長らく教師をしながら作品を発表してきた。本作を含む短編集 *The Piano Tuner*（1986）でフラナリー・オコナー短編賞を受賞した。だが小説家としてよりむしろ詩人としてのほうが知名度が高く、アメリカ詩人協会賞をはじめ数々の受賞歴がある。日本での訳書は今のところまだないようだ。

「弟」のステイシー・レヴィーンはミズーリ州生まれの作家、評論家。「弟」を含むデビュー短編集 *My Horse and Other Stories*（1993）でペン・ウェスト賞のフィクション部門を受賞した。執拗な反復と、コンマで延々連なっていく独特の文体で、悪夢的だがどこかユーモアの漂うものを書く。日本語で読めるものとしては「私の馬」（栩木玲子訳、『すばる』二〇〇一年七月号）、「ケーキ」（『居心地の悪い部屋』収録）などがある。

「最終果実」のレイ・ヴクサヴィッチは一九四六年生まれ、オレゴン州在住。設定は荒唐無稽、なのに最後にはきちんと切ない得がたい味わいの奇想小説を多く書く。本作を含む『月の部屋で会いましょう』（市田泉・岸本佐知子訳、東京創元社）と *Bearding Instructions*（2010）の二つの短編集がある。ちなみに作中の「ババ・ヤガ」はスラヴ民話に登場する森の魔女で、人を喰い、ニワトリの脚の生えた小屋に住むと言い伝えられている。

「トンネル」のベン・ルーリーはニュージャージー州生まれ。みずからを「寓話作家」と称し、『ニューヨーカー』などに作品を発表するかたわら、映画の脚本家としても活動している。本作を含む第一短編集 *Stories for Nighttime and Some for the Day*（2011）には、都会暮らしのタコがホームシックにかかる話や、妻をUFOにさらわれた男が独学でUFOを作って宇宙の涯《はて》まで旅する話など、変でブラックでうっすら怖いものが多い。

「追跡」のジョイス・キャロル・オーツは一九三八年ニューヨーク州生まれ。この人のことを紹介するときは必ず「多作」という言葉がついてまわるが、じっさい長編だけでも五十以上と、なにか桁違いである。本作を含む *Where Are You Going, Where Have You Been?*（1974）は初期の代表作で、表題作「どこへ行くの、どこ行ってたの?」を柴田元幸編訳『どこにもない国』（松柏社）で読むことができる。他に翻訳で読めるものとして『とうもろこしの乙女、あるいは七つの悪夢——ジョイス・キャロル・オーツ傑作選』（栩木玲子訳、河出書房新社）、『ブロンド――マリリン・モンローの生涯』（古屋美登里訳、講談社）などがある。

「薬の用法」のジョー・メノは一九七四年生まれで、シカゴを拠点に小説家、戯曲作家、音楽ジャーナリストとして活動している。現在までに長編七つ、短編集二つがあり、本作は *Bluebirds Used to Croon in the Choir*（2005）の冒頭を飾る。小学生のときに一緒に誘拐された二人の男が毎年一回遊園地で同窓会をしたり、女の子が幽霊の扮装をしないとどこにも行けなかったり、兄弟が停電に乗じて予言する馬を盗み出そうとしたり、妻の胸の中に街ができたり、メノの書く物語はどれもセンチメンタルでおとぎ話めいていて、子供や、子供の部分が残ったままの大人たちが往々にして描かれる。

「七人の司書の館」のエレン・クレイジャズはサンフランシスコ在住の作家。ＳＦ・ファンタジー系の雑誌やアンソロジーを中心に作品を発表しており、中編 Basement Magic が二〇〇五年度のネビュラ賞を受賞したほか、これまでに数度、短編がヒューゴー・ネビュラ賞のファイナリストにノミネートされている。古い玩具や雑誌の蒐集家でもあり、ＷｉｓＣｏｎというフェミニズムＳＦコンベンションで毎年開催されるオークションの名物司会者として知られる。今回訳した作品は短編集 *Portable Childhoods*（2007）より採った。

最後になったが、この本を形にするまでには多くの方々のお世話になった。ジェームズ・ファーナーさんには、訳出上の疑問点に丁寧に答えていただいた。またエトガル・ケレット氏の二作は英語からの重訳だったため、母袋夏生さんにヘブライ語の原著に照らしてチェックしていただき、数々の貴重なご指摘をいただいた。そして河出書房新社の松尾亜紀子さんには、いつかやりたいと思っていたこのアンソロジーを編む機会を与えていただき、さまざまな的確なアドバイスをしていただいた。この場を借りて、みなさんにお礼を申し上げます。

それから、表紙の撮影のために大切な宝物を貸してくれた子供たちにも、この場を借りて感謝をささげます。

二〇一五年九月

岸本佐知子

初出一覧

まじない「ヨムヨム」VOL.11、二〇〇九年
王様ネズミ「ヨムヨム」VOL.8、二〇〇八年
子供「すばる」二〇一三年五月号
ブタを割る「文藝」二〇一四年秋号
ポノたち　訳し下ろし
弟「コヨーテ」No.48、二〇一三年
最終果実「文藝」二〇一四年春号
トンネル「すばる」二〇一三年九月号
追跡「文藝」二〇一五年夏号
靴「文藝」二〇一四年秋号
薬の用法「文藝」二〇一四年冬号
七人の司書の館　訳し下ろし

岸本佐知子（きしもと・さちこ）
1960年生まれ。翻訳家。訳書にミランダ・ジュライ『あなたを選んでくれるもの』、リディア・デイヴィス『サミュエル・ジョンソンが怒っている』、ジャネット・ウィンターソン『灯台守の話』、ショーン・タン『遠い町から来た話』など多数。編訳書に『変愛小説集』『居心地の悪い部屋』など。著書に『気になる部分』『ねにもつタイプ』ほか。

コドモノセカイ

2015年10月20日　初版印刷
2015年10月30日　初版発行

編訳者　岸本佐知子

発行者　小野寺優
発行所　株式会社河出書房新社
〒151-0051　東京都渋谷区千駄ヶ谷2-32-2
電話　03-3404-1201（営業）
03-3404-8611（編集）
http://www.kawade.co.jp/

組版　株式会社キャップス
印刷　株式会社暁印刷
製本　大口製本印刷株式会社

Printed in Japan　ISBN978-4-309-20687-5

河出書房新社の本

アライバル

ショーン・タン 著　岸本佐知子 訳

世界各国多数の賞を受賞、世界中に衝撃を与えたグラフィック・ノヴェル。
漫画でもコミックでもない、
素晴らしいセンス・オブ・ワンダーに満ちた「文字のない本」。

河出書房新社の本

ロスト・シング

ショーン・タン 著

岸本佐知子 訳

少年が海辺で出会った奇妙な迷子。
街でも目立つのに、誰もその存在に気づかない。
アカデミー賞受賞映画の原作絵本!

エリック

ショーン・タン 著　岸本佐知子 訳

ホームステイにやってきたエリックを、ぼくらは皆でもてなしたものの、興味をひくのは小さな変なものばかり。

ショーン・タンの優しいまなざしが注がれた、宝物のような一冊。

河出書房新社の本

夏のルール

ショーン・タン 著　岸本佐知子 訳

小さい人と、大きい人に——
絵本の魔術師、ショーン・タンが贈る
著者自身の兄弟をモデルにした物語！